# 人殺しは夕方やってきた

## マルレーン・ハウスホーファー短篇集

Marlen Haushofer

Gesammelte Erzählungen

松永美穂 訳

もくじ

## 1　少女時代の思い出

## 2　大人の生活

## 3　戦争の影

装丁・装画　宮島亜紀

# 1　少女時代の思い出

# 美しきメルジーネ

その猫の母親はまったくありきたりな飼い猫で、ミリという名前だった。何の変哲もないミリという名前は、もう六代か七代前から続いているものだった。

「ミリは家には入れないよ」猫嫌いの母はいつも言っていた。わたしたち子どもはそれを残念に思っていたが、邪魔されずに家のなかを駆け回れるのは二匹の犬だけ、ということを受け入れざるを得なかった。犬たちはいたるところに汚い大きな足跡を残していく。廊下で大きな骨を引きずったりもするし、肥やしを撒いたあとの牧草地を転げ回ったあとなどは、とてもひどい匂いがするので、家中の窓を開けずにはいられないほどだ。それでも犬として生まれたので、しかも家系図さえある犬なので、わたしたちはまるで運命に従うかのように、犬たちの無作法を甘受しなければならなかった。

それに比べると、おいしそうなピンクの鼻先をした猫たちは、家畜部屋や干し草小屋に住むことになっていた。それでも猫たちの毛皮は清潔で輝いており、撫でてみるとキュキュッという音がして火花が散った。

わたしたちはしょっちゅう、猫を家のなかにこっそり持ち込もうとした。人形用の乳母車に入れたり、エプロンの下に隠したりして。でも最後には必ず見つかって、猫は首筋を母につままれ、悲しそうな鳴き声をあげながら、勢いよく中庭に放り出されるのだった。家には猫の居場所はないのだ！

子猫が生まれると、翌日には一匹を残してみんないなくなった。そして残った子猫が虎模様や黒やブチの成猫に育ってミリと呼ばれるようになると、不思議なことにその猫を産んだ母猫も消えてしまうのだった。

これまでにたった一匹の猫だけが、自然に死ぬまでわたしたちのところにとどまった。でもそれはただ、その猫がわたしたちの乳母の親指をあっさり噛みちぎったからだった。その事件以来、うちの家族は全員その猫を避けるようになった。猫はもはや「ミリ」ではなく「ならず者」と呼ばれるようになり、勝手な生活を送るようになった。もうミルクを飲みに来なくなり、自分のおとなしい娘を高慢な、軽蔑するような態度で扱った。犬たちは、言わば通りすがりに、その猫にパンチを食らわせた。わたしたちは、その猫がいつかうちの敷居に唾を吐くんじゃないかと予想していた。

うちにいた最後のミリは、控えめな黒猫で、少し塞ぎこむところがあったが、大きな栄誉を手にした。メルジーネの母親になったのだ。

メルジーネは一匹だけの子どもで、雪のように白い、小さくてきれいな猫だった。毛足は長く、ふさふさしていた。成長して他の猫と混じり、毛が黄色くなってきてからも、その目はスカイブルーだった。まったく奇跡のような猫で、いったい誰が父親だろうと、わたしたちは頭を悩ませた。

わたしたちはまず、この猫はミリという名前になるべきではないという点で意見が一致した。でも、メルジーネという名前を思いつくまでには、かなり長い時間がかかった。「プリンセス」という名前は退屈だし、「グレートヒェン」は俗っぽい。「白雪姫」という名前は、いつも知ったかぶりをするロージーおばさんの提案だったので、わたしたちは全員一致で却下した。

メルジーネは成長して非常に美しい猫になったので、メルジーネを見るために遠くからも人が来るほどだった。猫嫌いの母のハートさえ、メルジーネはとっくに摑んでしまった。

メルジーネはいつも、自分の見事なアンゴラの毛皮をきれいにして光らせるのに熱心だった。毛づくろいが終わると、風で毛が乱れてしまったのを発見し、また最初から始めるのだった。わたしたちが可愛がっても、無関心に振る舞っていた。生まれつき上品な猫だったので、わたしたちのあまりにも性急な可愛がり方に対して、ほんとうの気持ちを見せることはなかった。わたしたちの弱さに配慮してくれていたのか、鼻先にキスされても顔をそむけることはしなかった。

メルジーネはけっしてネズミを捕まえなかった。小川で何時間も石の上に座って、前足を曲げて持ち上げ、通り過ぎる鱒を待ち構えていた。そんなことをする猫は駆除されるべきなのだが、鱒はたくさんいたし、メルジーネは一匹しかいなかった。

秋になると、メルジーネは家のなかに引っ込み、母の縫い物机の上に陣取った。毛糸が入った籠のなかをぐちゃぐちゃにし、よく磨かれた板の上で爪を研いだ。母が叱ると、したたかにあくびをし、赤い口を見せびらかした。

まもなくわたしたちは、メルジーネが普通の黒猫の子どもであるというだけでは満足できなくなってきた。そこでしまいには、この子は親を亡くしてミリに拾われたのだ、ということで意見が一致した。そのころ森のなかでは大きな雄の山猫が徘徊していた。怖がりな動物で、わたしたちは一度も姿を見たことがなかったが、風が吹く寒い十月の夜には、山猫の長く引っ張った鳴き声が森から聞こえてきた。「カウアウ、カウアウ……」メルジーネは毛がふさふさした両耳をぴんと立て、その目には野生の輝きが宿った。

「ねえ、知ってる?」と、ある日、弟が言った。「あの山猫はきっとメルジーネのお父さんで、メルジーネのところに来るんだよ」

その言葉はわたしに深い感銘を与えた。わたしは、その考えを思いついたのが自分でないことを残念に思った。

わたしたちはメルジーネをじっくり観察した。メルジーネが森に近づくときには父親に会いに行くんだ、とわたしたちは確信していた。そして、いつか戻ってこなくなるのでは、と秘かに恐れていた。しかし、夕方、冷たい風がわたしたちを家のなかに追いやると、メルジーネはもう縫い物机の上に寝そべっていた。ところがその後、メルジーネが帰らない日があった。暗くなるまで、わたしたちはメルジーネを呼んだり捜したりしていた。あの夜、わたしたちはもうスープをかき混ぜず、何と言われても安心できなかった。

ベッドで横になっていると、山猫の鳴き声が聞こえた。「カウアウ、カウアウ……」これまでになく荒々しくて、勝ち誇った鳴き声だった。

わたしは胸が締めつけられる思いで黙り込み、弟は毛布の下ですすり泣き始めた。

自分たちを少しでも慰めるために、わたしは毎晩、メルジーネの物語を考え出した。あの冬、わたしたちは特別に行儀がよいと評判になった。いつも夕食のあとでただちに、文句も言わずにベッドに入ったからだ。誰もわたしたちの秘密を知らなかった。

数年前にようやく、当時メルジーネは野犬に引き裂かれたのだということを知った。血まみれの小さな体がハシバミの木の下で見つかったそうだ。

しかしいまでも、メルジーネについて考えると、大きな父親のカウアウの隣で森を歩いていく姿が目に浮かぶ。さまざまな冒険をしながら、秘密に満ちた森の奥まで進んでいくのだ。

# ぞっとするような話

十三歳のころのわたしは、もっぱら両腕、両足、ぼさぼさの髪の毛から成り立っていた。おそらく普段から愛想も悪かったのだろう。父は、学校が休みのあいだ、わたしを田舎のエメリッヒおじさんのところに送ることに決めた。

わたしはこのおじさんにまだ会ったことがなかったが、彼がどこかの管理人をしており、親戚や知人を熱心に田舎に招待するということは知っていた。しかし、彼のもてなしぶりにもかかわらず、誰もその招待に重きをおいていないようだった。母は招待が届くと、ためいきをつくのだった。「ああ、なんてこった。またエメリッヒからだよ。どうすればいいだろうね？」すると父がちょっと苦々しげに答えるのだった。「俺たちはみんなハシカで隔離中だって、手紙を書けよ」

こうしたコメントや、おばさんや従兄弟たちのさまざまな暗示から、わたしはエメリッヒおじさんを、少なくとも疥癬病みでアルコール中毒に違いないと考え、大きな期待を抱いた。

　小さな停留所でおじさんと実際に会ったとき、わたしはほとんど失望してしまった。大柄で陽気な人間で、特徴といえば縮れた赤髭くらいだった。いずれにしてもおじさんは、わたしが来たことをとても喜んでくれていて、そのような歓迎に慣れていなかったわたしは、すっかり舞い上がってしまった。

　おじさんのハグからわたしを解放してくれたのは、エマおばさんだった。おばさんは小太りで、親切だが物静かな人だった。十五歳の双子がいて、彼らは互いに肘でつつき合いながら、困ったようにニヤニヤして、あまりきれいではない手をわたしに差し出した。いささかはにかんでいるように見えたが、それはエメリッヒおじさんが、気まぐれなユーモアで二人にエメリーネとエメラーンという名前をつけたことから来ていた。

　しかし、わたしがそれをからかうために来たのではないことを数分後に理解した二人は急速に打ち解け、わたしたちはすぐに親しくなった。

　おじさんの家には彼らのほかに、家族の一員ということになっている老いた子守女と、小さくてみっともないスパニエル犬がいた。犬はディアナという名前で、オーブンの後ろに座り、ゼイゼイとぜんそくのような音を立てていた。

　夕食には、エメリッヒおじさんがわざわざ釣ってきてくれた鱒を焼いたものが大皿に並んだ。

雰囲気はとてもよかったが、ときどき子守女が魚の骨を喉に詰まらせ、家族は彼女の丸めた背中を甲斐甲斐しく平手で叩いてやった。すると彼女は驚くほど素早く回復し、後れをとるまいと、すばやくまた一匹の魚を自分の皿に取るのだった。

　子守女はまったく耳が聞こえず、食卓で誰かが死んだ話をしているときに満足そうにくすくす笑って、わたしを混乱させた。あるいはエメリッヒおじさんが趣味の悪いジョークを披露しようとしてエマおばさんに優しくたしなめられ、オチを言わせてもらえないようなときに、彼女は深い憂慮の表情でテーブルを凝視していた。

　みんなでワインを飲み、わたしはほろ酔い気分になって歌い始めた。その後はいっとき記憶が途切れ、真夜中にまた目が覚めたときには、自分がどこにいるのかわかるまで、一生懸命考えなくてはいけなかった。それからいきなり、はっきりと覚醒し、酔いも吹っ飛んでしまった。

　どこかすぐ近くでゴーゴーという滝の音がしており、わたしをおごそかで感謝に満ちた気分にさせた。ここは我が家よりもずっと愉快な場所なのに、どうしてこれまでに来る機会がなかったのだろう？　それになぜ、うちの家族はあんなに見下したような調子でエメリッヒおじさんのことを話していたのだろう？

　翌朝、エマおばさんに滝のことを訊いてみた。するとおばさんは笑い、それはきっとワインと魚のせいね、と言ったので、わたしは少し恥ずかしくなった。

そのあと、わたしは双子と一緒に蟹を捕まえるために小川に行った。それから、草地で年とった雌馬に乗ることを許してもらった。といっても、雌馬がわたしのバランスを崩さないようにネズミの巣を避けながら、用心深く草地を闊歩するあいだ、必死でたてがみにつかまっているのがやっとだったのだが。

わたしは一日中、幸せな気持ちで、お腹を空かせ、好奇心に満ちて時間を過ごした。夕方には双子と一緒に地下室に隠れて、あちこち走り回るネズミを散弾銃で狙ったりもした。

そして夜中に、今度は一滴のワインも飲まなかったのに、また滝の音で目が覚めた。じっと耳を澄ませていると、遠くの方で絶望のあまりすすり泣くような声が聞こえた。わたしは額が汗ばむのを感じ、息を止めた。部屋のなかは暗かったが、何よりも火事を恐れているエマおばさんのせいで、ろうそくはなかった。しまいには胸を引き裂くような泣き声は静まり、わたしは滝の音を聞きながらまた眠ることができそうだったが、そのとき突然、何かが敷居を引っかく音がした。

わたしはベッドの一番端にもぐり、できる限り膝を顎に引きつけた。ドアの前では咳をしたり、クンクン匂いを嗅いだりする音がしていたが、わたしはほっとして息をついた。小さなスパニエル犬が立てる音だとわかったからだ。

翌朝わたしはエメリーネにそのことを話し、彼女はわたしに、それはディアナの動脈硬化のせいだと話した。

「そうなの？　あなたたちには気にならないの？」とわたしは尋ねた。

「それほどはね」という曖昧な答えが返ってきた。「そんなに重要なことではないもの」

わたしは滝のことにも、悲痛なすすり泣きのことにも触れなかった。そして、自分でその痕跡を確かめようと思った。しかし、朝にはそんな勇ましい気持ちでいても、夜の闇のなかではすぐに勇気がなくなってしまうことを忘れていた。

その後の数日間もすばらしかったが、それだけに夜は恐ろしかった。わたしは数時間も起きたまま、遠くの泣き声に耳を澄ませていた。ときには素足で廊下を歩く音もした。そして、ようやく眠りについたと思えば、鋭い叫び声がまたわたしの目を覚ますのだった。おかしくなったディアナが敷居を引っかくとこちらはホッとするほど、毎晩の状況はひどいものだった。

そんなふうにして十四日間が過ぎた。エマおばさんは信じられないほど大量のミルクやバターをわたしに食べさせ、エメリッヒおじさんは自分の人生の物語をいろんなバージョンで話して聞かせてくれた。双子とわたしは、血を分けたきょうだいのように親しくなった。

世界中のどこだって、こんなに居心地のいい場所はなかったが、それでもわたしは休まらなかった。毎朝ベッドから起き上がるたびに、青リンゴ色の幽霊のように元気のない小さな顔が、鏡のなかからこちらを見返すのだった。わたしは自分がお化け屋敷に泊まっているのだと確信していたが、とても親切にしてくれるエマおばさんにそれを伝える勇気がなかった。

しかしある夜、わたしの忍耐は限界に達した。わたしは飛び起き、何かに追われるようにエメリーネの部屋に走っていった。

わたしが彼女のベッドの上に身を屈めると、彼女は起き上がり、恐ろしい叫び声をあげた。わたしはベッドの脇の敷物に腰を下ろし、つかえながら言った。

「あんただったのね、眠りながら叫ぶのは……」

彼女はようやく目を覚ましたように見えた。「わたし、叫んだの？」彼女は尋ね、ベッドから出るとわたしのそばにしゃがんで、撫でてくれた。

「おばかさんね」と彼女はわたしを慰めた。「わたしたち、あんたが何も言わないので、ぐっすり寝てるんだとばかり思ってたの。とても喜んでいたのよ。だって、ほかの人たちは、みんな二日か三日で帰ってしまって、二度と訪ねてこないんだもの」

「エメリーネ」わたしは信じられない思いで訊いた。「滝の音やすすり泣き、素足の足音は、どれも幽霊ではなかったってこと？」

「幽霊なんてどこ？　父さんは滝みたいにいびきをかくし、母さんは寝ながらすすり泣くし、エメラーンは夢遊病なの。そして、わたしはね、まあ、ときどきちょっと叫ぶのよ」

わたしは大きな声で笑い出し、エメリッヒおじさんがパジャマ姿でろうそくを手に、急に戸口に現れて、びっくりしたようにわたしたちを見つめたときにも、まだ笑っていた。エマおばさんもその後ろから現れたが、頬はバラ色で、驚いた様子をしており、夢のなかで悲痛なすすり泣きをする女性にはぜんぜん見えなかった。

「父さん、この子は父さんのいびきを滝の音だと思ったんだって」と、エメリーネがひきつるような笑い声をあげながら言った。「想像してごらんなさいよ！」

しまいには可哀想な小さなディアナまで現れて、困ったようにわたしたちの匂いを嗅いだので、わたしたちは全員で笑い出した。エメラーンだけがいなかったが、その夜はちょうど新月で、彼は馬みたいにぐっすり眠っていたのだった。

それに続く数週間のあいだに、わたしは六キロも太り、見た目は日に日に田舎くさくなっていった。

わたしは来年の夏もまた来ると約束した。お別れのときには、老いた子守女も含めてみんなが泣いた。彼女は、わたしが足の巻き爪を切ってあげたので、わたしのことが好きになったのだった。エメラーンだけは英雄のように涙を抑えていた。そして動脈硬化のディアナは状況を理解しなかった。

家に到着すると、父はわたしをじろじろ見てから、母に言った。「お前の変な思いつきのおかげでこうなったんだぞ。この子の頬っぺたは向こうで凍傷にかかったんじゃないか」

「でも、あなた……」わたしを田舎に送るというのが父の決断だったことをとっくに忘れてしまった母は、言い訳した。「でも、夏のさなかに凍傷なんて……」

「エメリッヒのところじゃ、何でもありなんだ」父が母の言葉をさえぎった。「それとも……この子は化粧でもしたのか?」父のまなざしは暗くなった。父は人差し指を舐めて、わたしの頬をぎゅっとこすった。

「とれないぞ」と父は困惑し、しばらく沈黙してから言った。「この子は、よっぽど神経が図太いんだなあ」

# 雌牛事件

うちでは父が、電気の担当だった。どういうことかというと、ヒューズを取り替えたり、電球を外して新しく嵌めたり、スイッチを直すのは、父だけに許された仕事だった。

父はその仕事を、とても嫌そうにやった――おそらく、失敗するのが嫌だったんだろう。いずれにしても、わたしたちがうやうやしく距離をおきながらその勇気に感嘆している一方で、父が梯子に上って真剣なまなざしで額に皺を寄せ、新しいヒューズを嵌める様子には、いつも厳かなものがあった。

当時の我が家の電気配線上の造りでは、激しい雷雨のたびに――そして昔は、今よりも激しい雷雨があったものだが――規則的に電話機から火花が散った。電線がきしんでパキパキ音を立て、しまいにはボンという音とともに停電になるのだった。

そんなときに父が不在だったりすると、わたしたちは石油ランプで二、三日を過ごし、父の帰宅を、そしてヒューズ交換のあの厳かな儀式を待った。

子どもたちがコンセントに棒を突っ込むのではないかと想像して、母はとても心配していた。そして、わたしたちが大きくなるまで、絆創膏を貼ってコンセントを塞いでしまった。ある程度大きくなると、母はヘアピンをコンセントに突っ込んで黒焦げになった子どもの悲しい物語を話して聞かせた。母が聞かせるぎょっとするような話は、これだけではなかった。ベッドでりんごを食べ、当然ながらそれを喉に詰まらせて死んだ子どもがいた。肉を切る機械で親指をねじ曲げられてしまった子どもがいた。湖や渓流や川で溺れ死んだ子どもは数知れず。冷たい水を飲んで肺炎で死んだ子どもたちもいた。石灰坑のなかに落ちて、数本の骨しか見つからなかった子どもの話も覚えている。

でも、それでもまだ最悪というわけではなかった。一人の善良なおばさんが、子守女の警告にもかかわらずいつも頭から掛け布団をかぶって寝ていた小さな女の子を知っていた。何が起こったか？　ある晩、悪魔がやって来て掛け布団の周囲をベッドに縫い付けてしまった。その女の子は苦しみながら窒息死したそうだ。

それ以来、わたしはどんなに寒い冬の夜でも、布団を耳よりも上に掛けることはしない。いつ何が起こるか、誰にもわからないのだから。そして弟は――ここで彼の秘密をばらす無礼を許してもらえるといいのだけれど――どんなに暑くても、爪先をベッドから出すことができない。そんなことをしたらすぐに怒りんぼの小人のラムザンペールが来て、ペンチで爪先を切り取ってしまうからだ。

民話をご存じない読者のために申し添えると、ラムザンペールはペルツメルテルの小さな弟で、暖炉に住んでいる。

ある日、わたしが竈《かまど》の前にしゃがんで、禁止されていたことだけれど火を突っつき回していたとき、ラムザンペールがいきなり火の手を伸ばしてわたしの前髪をつかんだので、あっというまに燃え移ってしまった。それは充分な警告だった——五歳の子どもだって、焦げて黒くなった禿げ頭で歩き回りたくはないのだ。

実を言えばほとんどすべてのことが、わたしたちには禁じられていた。速く走ることも、ほてった状態で水を飲むことも、雪を食べることも（肺炎や扁桃炎になるから）、木や生け垣や塀によじ登ることも（骨折するから）、ヒキガエルや青蛙、トカゲを捕まえるのも（イボができるから）、堆肥の山をかき混ぜるのも（ひきつけを起こすから）、工具にさわるのも（流血の恐れがあるから）、あわてて食べるのも（胃が重くなるから）、ゆっくり食べるのも（腸カタルになるから）、ぜんぜん食べないのも（餓死したカスパールの話を見よ）、たくさん食べ過ぎるのも（胃拡張になるから）、眠ろうとしないのも（神経質になるから）、いつまでも寝ているのも（ゆっくりとバカになるから）、洗ってない果物を食べるのも（寄生虫やチフスの恐れがあるから）、ベッドで本を読むのも（近眼になるから）、シードルやワインを飲むのも（白痴になるから）、トイレでカール・マイ［ネイティブアメリカンが出てくる小説シリーズで一世を風靡した作家］を読むのも（下から来る風で膀胱カタルになるから）、勇ましく息を止めるのも、食事のときにしゃべったりつつき合ったりするのも（窒息するから）、さくらんぼについた水を飲むのも（お腹がはじけるから）。

　ほかにも、もう理由は忘れてしまったけれど、ソーセージの皮を食べることや、目玉をぐるりと回すこと、犬の口をつかむこと、猫にキスすること、屋根裏で遊ぶこと、家の壁をつついて表面に穴を開けることや、互いの指の爪を切ることなどが禁止されていた。

　もちろんすべての決まりを守るのは不可能で、わたしたちは絶えずドキドキしたり、怖がったり落ち着かなくなったりしながら過ごし、秘密や冒険に満ちた生活を起こっていた。タブーを犯さない日なんて一日もなかった。良心の呵責は慢性的なものになっていった。

　転んだり小さな怪我をしたりしたとき、わたしたちは歯を食いしばって痛みに耐えた。決まりを破ったと言われて、さらなる罰を受けないためだ。盲腸の手術をして、ちょっとくらい甘やかしてもらえるのではないかと期待したときも、盲腸になったのはあんたがいつもさくらんぼやスモモの種を飲み込んでしまう罰だよ、と言われた。

　雌牛の事件が起こるまでは。

　ある日、弟がなんの悪気もなく、おとなしく草っぱらに立っていたところ、突然雌牛が倒れかかってきて、弟は肋骨が折れてしまった。弟が雌牛をからかったり、追いかけたりしたわけではなく、誰も弟を責めることができなかった。

　大人たちは、これからは牛が草っぱらにいるときにそこにいてはいけません、と禁止したけれど、わたしたちはもうそんなことに重きをおかなかった。

　この事故以来、わたしたちは大人の言うことを信じなくなった。木登りをしたとしても——木登りは絶対にしちゃいけないと言われていたけれど——せいぜい膝をすりむく程度ではないか。それなのに、何も悪くないのに肋骨を三本も折るなんて？　大人の決まりには、疑わしい点がある。

　わたしたちは洗ってない果物を食べ始めた。猫にキスをし、体がほてっているときに水を飲み、工具で遊び、生け垣の上でバランスをとった。良心の呵責は消え、わたしと弟はまもなく、他の子どもたちと同じくらい不従順になり、陽気になった。

# さくらんぼ

子どものときに一度、ひどく気まずい状況におちいってしまったことがある。たしか、修道院の寄宿学校二年生だった十二歳のころ。

宗教の先生が黒板の前に立ち、わたしたちが小さなノートに書き取るべき文章を朗読していた。

その朗読が退屈なせいだったのか、それとも六月の日差しに疲れてしまったのか、もうわからない。いずれにしてもわたしは、いまにも眠りこまんばかりだった。でも授業中に寝るなんて、ぜったいに許されない！　宗教の先生はゆっくり、はっきりと、文章を読み上げていた。わたしは別のことを考えて気を紛らわそうとした。「ふくいん（福音）」という単語を、「ぶくおん」と書いてしまったらどうだろう？　わたしはふざけて、そう書いてみた。その単語はすごくおもしろく見えた！　それなら「しと（使徒）」を「しちょ」と書いてみようか……わあ、笑える！　次第に熱中して、どの単語も意図的に二、三箇所、文字を替えて書いてみた。眠気はいっぺんに吹き飛んでしまった。

三ページほど書き取りをしたとき——わたしはちょうど、「である」という、なんの変哲もない言葉に手を加えているところだった——宗教の先生がいきなり、生徒が書き取ったものを比較のために読み上げようとして、わたしのノートを取り上げた。

あれ以来、地球の滅亡三十分前に人類最後の人々がどんな気持ちになるか、わたしにはわかるようになった。

「ぶくおん」という単語を目にしただけで、宗教の先生はあっけに取られてしまった。でも「ふくいん（福音《エヴァンゲリウム》）」はそもそも外来の言葉なんだからしかたがない、と考えたようだ。しかし、「しちょ」と続いたとき、先生の顔は真っ赤になった。そして二行先で、「けいじ（啓示）」が「けーち」になっているのを見ると、あとは悲劇しか起こらなかった。先生は声を震わせながら、すべての間違いを読み上げた。でも、先生の行動として、それはほんとうに軽率というしかなかった。というのも、それを聞いた生徒たちは、もうまじめな顔などできなかったからだ。みんな大笑いして、止まらなくなった。このバカ騒ぎは悪い結果をもたらすに違いない、とわたしは本能的に察知した。

きのどくな宗教の先生は、顔を真っ青にしていた。それから怒鳴り始めた。恐ろしい光景だった。わたしの心臓は激しく鼓動し、膝が震え始めた。

先生の怒鳴り声があまりに大きかったので、一年生と三年生も教室から出てきて、あっけにとられてわたしたちの部屋の前で聞き耳を立てていた。先生は十分間の休憩時間もつぶして、ずっと怒鳴り続けていた。わたしは頭が混乱し、めまいがしてきた。どうしてこんなに怒るんだろう？　先生を立腹させるつもりなんて、ぜんぜんなかったのに！

いずれにしても、当時のわたしはすでに、賢い大人たちがしばしば、まったく理解できないようなことで怒りを爆発させるのに気づいていた。ひょっとしたら宗教の先生は心臓が悪いのだろうか、それとも神経をやられているのだろうか？

先生をこんなに怒らせてしまったことを、わたしはただちに後悔した。「心臓発作が起こりませんように！」と願った。

先生はようやく教室から出ていったが、ノートも持っていってしまった。わたしは完全に打ちのめされ、椅子にもたれかかっていた。先生は校長のところに行って、すべて言いつけるんだろうな。実際、校長はすぐに宗教の先生と一緒に教室にやってきた。校長の落ち着いた声は、わたしを少しだけ安心させた。しかし、激怒した復讐の天使のように宗教の先生が校長の隣に立ち、震える人差し指でわたしの方を指していた。

わたしは詰問された。「どうしてこんなことをしたの？」

途方に暮れて、肩をすくめた。どうしてこんなことをしたか、わたし自身、わかっていただろうか？　ちょっと思いついただけ。でも、そう言ったって、誰も信じてはくれないだろう。

「悪気があってやったに違いない」

宗教の先生がわめいた。

校長は考えこむようにして、わたしを見つめていた。

「おバカさんだからスペルミスをしたのかしら、それともわざとやったことなの？」

校長は厳しく尋ねた。

三十二人の同級生たちの前で「わたしはバカなのでこんなスペルミスをしました」と言うべきだったろうか？　いや、けっしてそんなことはできない。そんなことを言うくらいなら、世界が滅びた方がよかった。

「わざとやりました」

わたしはすばやく答えた。

シスターでもある校長の目に悲しげな驚きの色が浮かぶのが見えて、わたしは目を伏せた。

校長はひとことも言わずに教室を出ていった。そのあとに、誇り高く頭を上げて、宗教の先生が続いた。

わたしの受難の日々が始まった。まず寄宿舎の寮母さんが来て、わたしを叱り飛ばした。そのせいで自分が、日夜分かたず宗教の先生を怒らせようと画策している悪い子だったような気がしてきてしまった。

シスターたちはみな、遠くからわたしの姿を見ただけで、憐れむように首を横に振るのだった。子どもたちは、伝染病の患者を避けるようにわたしを避けた。わたしの犯した罪は、ほんとうに嫌悪に価するものらしかった。毎日のように、不吉な知らせが届いた。一度などは、「あなたは宗教とドイツ語と行儀作法の成績が四になるでしょう」と言われた［この場合、四は五段階評価の下から二番目で、落第すれすれの点数］。そして、それだけでは充分でないかのように、こんなことも付け加えられた。「宗教の先生は、あなたをもう二度と見たくないと思うほど腹を立て、気を悪くしておられるんですよ」

先生を見たくないという願いは、わたしの側にもあった。だが、学校を辞めなければならないのが、先生ではなく自分であることは明らかだった。わたしは眠れない夜を過ごすようになった。

約一週間後、校長がわたしの退学処分を思いとどまり、もう一度チャンスを与えることにした、という連絡があった。校長はわたしの両親に手紙を書き、学校に来て、娘にしっかりと見せしめのための罰を与えるように、と伝えたのだった。

その後の数日間は、ほんとに苦しかった。自分がこんなできそこないの娘であることを、両親に対して心から申し訳なく思った。夜、ほかの女の子たちがとっくに眠っているときも、わたしは一人で泣いていた。そして、すすり泣く声がうるさくならないように、枕の端を口に押し込んだ。

どんなことになるんだろう、とわたしはあれこれ想像した。ひょっとしたら母が来るかもしれない。その方が都合がいいように思えた。面会室で二、三回、びんたをくらわされるだろう。それから半日がみがみと文句を言われ続けて、わたしはすっかり小さくなり、べそをかいてしまうだろう。そして別れるとき、母は怒った顔をしながらも、キスをしてくれるだろう。そうして、すべてが丸く収まるのだ。

でも、もし父が来たら？

父はこれまで、わたしに手を上げたことはなく、いつもかばってくれて、「この子はもう悪さはしないよ」と言ってくれていた。それなのにこんな失敗をしでかしたわたしへの失望に、父はきっと耐えられないだろう。飼い犬が言うことを聞かなかったりすると父がどれほど憤るか、わたしはよく知っていた。今回は、父の正義の怒りがわたしに向けられるのだ。もしかしたら父は全生徒の前でわたしにお仕置きをするかもしれない。あるいは、わたしを家に連れ戻して、二度と学校には来させないかもしれない。

想像のなかで、くりかえし不穏なイメージが浮かんできた。わたしは掛け布団を頭からかぶり、死にたいと願った。
日曜日の午前、自習時間中に、玄関の受付をしているシスターが突然やってきて、わたしを面会室に連れていった。入ろうとしたとき、寮母さんが面会室から出ていくのが見えた。つまり、もう全部話したということだ。

心が石のように重くなった。足を引きずりながらゆっくりと入室した。父が部屋の真ん中に立っていた。懐かしい大柄な姿が、きょうはわたしを不安にさせた。すぐに叩かれるのかな、と思い、ためらいながら近寄っていった。

何も起こらなかった。父はいつもどおりわたしを抱き締めて、外出の許可が出たから着替えておいで、と言った。

急いで自分の部屋に駆け上がり、白いセーラー服に着替え、新しいリボンを左右のお下げに付けた。

父と一緒に路上を歩いていくわたしを、少女たちは窓から意地悪く、いい気味だというように眺めていた。また不安が募ってきた。街のなかで罰を受けることになるのだろうか？

父は学校や友だちについて、あれこれと質問を始めた。もうすぐお仕置きが始まるんだろうな、と思ったけれど、そんな危険はどんどん遠ざかっていった。

わたしたちは少し街を見て歩いた。おもちゃ屋や本屋のショーウィンドウに並ぶ品々に、わたしは目を見張った。昼の十二時、わたしたちは大きな食堂に入り、父がカツレツと、そのあとでケーキも注文してくれた。わたしはあいかわらず、父の目をまともに見ることができなかった。でもときおり、父が奇妙なほほえみを浮かべているように思えた。

急にひらめいた。ここで、お父さんはわたしを罰するのだ。みんなの目の前で。そうなったらもう生きていけない、とわたしは考え、ケーキをつつき回した。

でも、またしても何も起こらなかった。それどころかワインをちょっと味見することさえ許された。ワインはたいして美味しくなかったけれど、とてもぜいたくな気分になった。

食事のあと、父は少し眠気が差したようだった。わたしたちは公園でベンチに腰を下ろし、日光に背中を照らされていた。

噴水の周りに植えられたバラが、ちょうど咲き始めていた。じっと座っていられなくなったわたしは、バラからバラへと歩き、匂いを嗅いでみた。一番甘い匂いがしたのは、大きな深紅のバラだった。黄色い花弁の上に、緑のコガネムシがとまっていた。

父はうたた寝していた。列車に乗ってきて疲れたのだろう。街までやってくるのは、毎回一苦労なのだった。街に来る際の面倒な手続きすべてを、父は忌み嫌っていた。

あらためて、後悔の気持ちに襲われた。わたしのせいで、父はそんな苦労をしなくちゃいけなかったのだ。我が家の梨の木の下で穏やかに座っていることもできたはずなのに。いずれにしても、わたしはできの悪い娘なのだ。

そのあと、わたしたちは映画館に行った。映画を観るのは初めてで、内容はよくわからなかった。

スクリーンでは不幸せな様子の男がソファに座って、口ひげを噛んでいる。ぎょっとするほど痩せた若い女が彼の周りでずっと踊っている。その間に、とりわけ頬の赤い若い男が登場しては、みんなから平手打ちをされていた。

お父さんが今回の訪問の目的を思い出さないといいな、とわたしは思い、父を横目で見た。ところが父は心から楽しそうに笑っていて、暗い計画を抱いているようには見えなかった。わたしにとっては、その映画に笑えるところなどなかったのだけれど。

頬を腫らした若い男が、きのどくに思えた。彼が見かけどおりの健康体なのかどうか、誰にわかるだろう？　元気そうに見えるのは、単に頬が腫れているからだけかもしれない。

いずれにしても、その映画は良心に咎めのない人々のために作られていた。映画が終わったとき、わたしはほっと息をついた。

もうすぐ五時だったので、駅に行かなければならなかった。駅までついてきてもいいと言われ、公園を通っていくあいだに、父は慌ただしく、家での最近のできごとを話してくれた。弟が梨の木から落ちて、くるぶしを挫いた。灰色の猫がいなくなった。わたしのお気に入りの雌牛は七月に子どもを産む予定だ。でもそのころには夏休みになっている。

　わたしはただ片方の耳だけで父の話を聞いていた。ふいに、恐ろしい考えが浮かんできた。わたしは駅でひっぱたかれるのだ。

　もちろんそうに違いない！　そのことに思い当たらなかったなんて！　わたしを辱めるには、最高のチャンスだ。乗客たちは列車の通路に押し寄せ、窓越しにこの珍しい見せ物を楽しもうとするだろう——。それなのに父は平然と、斑《まだら》の牛の話なんかしているんだ！　わたしはどんどん憂鬱になり、口数が少なくなった。

　しまいに父は、わたしの背中をぽんぽん叩きながら言った。「元気を出すんだよ！　四週間経ったら、また家に戻れるんだからね」

　わたしは父に向かって無理にほほえんだけれど、父の言葉はなんの慰めにもならなかった。髭を生やした大柄で強い男ならば、元気でいるのはたやすいことだ。どんな人間も、彼を叩きのめしたりできないのだから。

　駅のホームでは年老いた女の人が、大粒で赤黄色のさくらんぼを売っていた。父はふとその前で立ち止まり、大きな紙袋にさくらんぼを詰めてもらった。そして笑いながら、わたしの手にその紙袋を押しつけた。わたしは言葉が出てこなくて、お礼も言えなかった。

　列車はもう入線していた。父はもう一度しっかりとわたしの背中を叩き、頭を撫でると、列車に乗り込んだ。

列車が走り始めたとき、父は突然、窓から大声で言った。「ああ、言っておきたかったのは、宗教の時間にやったようなおふざけはもうやめにするってことだよ、わかったね！」それから父は青と白の大きなハンカチを取り出し、わたしの姿が見えなくなるまでずっと振っていた。

わたしはホームでさくらんぼの袋を胸に押しつけて立ち、激しく泣いた。それからさっと線路に背を向けると駅の出口を駆け抜け、路上に出た。これほど恥じ入り、これほど幸せだったことは、これまでになかった。

教会の開かれた扉を通って修道院に戻り、ちょうど祝禱《しゅくとう》に間に合った。幸福感と感謝で心が満たされていたので、一緒に歌わずにはいられなかった。音程がとれたためしがないので、たぶんメロディーは間違っていただろうが、わたしの小さな歌声はオルガンの力強い響きにかき消された。神さまもその歌声を悪くはとられなかっただろう。なにしろその歌詞では、神さまは人の心をご覧になる、と歌われており、わたしの心はといえば、まさに見ていただける状態だったからだ。

その日の夕食は干しぶどう入りのミルクライスで、わたしはまた人間に戻った気がしていた。呪いが解けたのだ。少女たちは、まるでわたしが不当な目に遭ったかのように、そして彼女たちがずっとそういう見解だったかのように振る舞った。ひょっとしたら、彼女たちが憎々しく、いい気味だというようなまなざしを向けているというのは、わたしの思い込みだったのかもしれない。苦しんでいるときは、なんでも悪意にとってしまいがちだ。わたしはふたたび恥じ入り、同じテーブルに着いている少女たちに、さくらんぼを一つかみずつプレゼントした。いいお父さんだね、とみんなが羨ましがり、長いこと父を褒めてくれたので、わたしはさくらんぼをもう一つかみずつ配った。

シスターたちはわたしを眺め、複雑な表情をしていた。

その夜、わたしは「主の祈り」を唱えているうちにもう眠り込んでしまい、ほんとうに久しぶりに、夢も見ず朝まで深く眠った。

翌朝のミサの後、寮母さんがわたしを脇に呼び、早口で秘密めかして、いまから宗教の先生のところに謝りに行って、先生の手にキスしなさい、と言った。

すぐにわたしの反抗心が頭をもたげた。「謝りには行きますけど、手にキスなんてできません。宗教の先生に危害を加えたわけじゃありませんし！」

だが、宗教の先生はこの条件のもとでのみ、さらなる罰を取り下げる気でいるのよ、と寮母さんから聞かされて、わたしも折れた。「さらなる罰」が具体的にどのようなものか想像はできなかったが、気持ちいいことでないのは確かだった。

宗教の先生は廊下の一番奥の学習室にいて、わたしをにらんでいた。

そして、無言のまま、手の甲を差し出した。

わたしは急いで、青いハンカチを振っていた父のことを考えた。そしていくつかの聞き取れない言葉を呟くと、赤らんだ大きな手の上に屈み込んだ。

部屋から出て行くとき、「自分を卑しくする」という言葉の意味が突然明らかになった。

親切なシスターである寮母さんはほっとした様子だった。彼女はわたしの反抗心を知っていたし、先生の手にキスさせるなんてことは、彼女にとっても気の進まないことだったのだろう。ほとんど感謝をこめて彼女はわたしを見つめ、わたしのお下げをいじくり回すと、襟の皺を伸ばして学校に送り出してくれた。

秋になって、新しい宗教の先生がやって来た。彼の授業は非常におもしろかったので、わたしはもう二度と、「ふくいん」を「ぶくおん」と書くような誘惑に駆られることはなかった。その代わりにいつも子ネズミのように静かにして、一言も聞き漏らすまいとしていた。

それ以来、わたしは何度もバカなことをしてしまったが、それに伴う正当な罰を免れたことはない。

ぶたれる代わりにさくらんぼをもらうなんてことは、おそらく人生に一回限りのことなのだろう。

# 初めてのキス

ドルリはラテン語の教科書を開いて、翻訳していた。

あと、やらなくちゃいけないことは？　彼女は考えた。幾何の宿題は、明日の朝、写させてもらえばいい。ラテン語の語彙はベッドで勉強しよう。英語の詩は休み時間に。化学は危ないけど仕方ない。ハンカチを二枚持っていって、一枚で絶えず鼻をかみ、もう一枚をこめかみに当て続けよう。そうしたら先生も、わたしには当てないだろう。

バラ色のダーンドゥル［胴衣とギャザースカートから成るオーストリアの民族衣装］を着ていこう、とドルリは考えた。あれを着ると、とっても大人っぽく見えるんだもの。急がなくちゃ、グレートルはきっとイライラしてる。きょうはグレートルも宿題をやる気がない。公園で座っていたいのだ。あたしたち、そもそも何のために勉強なんかするわけ？　とグレートルは言う。学校を出たら、すぐ結婚するつもりなのに、って。

公園で緑の芝生に入れたら、もっとずっと素敵なのに。でもそれは、子どもにさえ許されていない。犬だけが立ち入り禁止の札を気にせず、短く刈った草の上を楽しそうに転げ回っている。ドルリは犬たちがちょっぴり羨ましくなり、考えこみながらその様子を眺めていた。

すると、二人の若者が通りかかった――実際にはまだ男性と呼べるほど大人ではなく、ただそんなふりをしているだけだ。

グレートルは顔を赤らめた。二人のうちの一人は彼女のボーイフレンドだからだ。グレートルはいつも夕方に、彼と一緒に散歩することにしていた。ドルリにはボーイフレンドはいなかったが、他の女の子たちにはそれが理解できなかった。

もう一人の若者はグレートルのボーイフレンドより少し年上で、ちょっぴり口ひげを生やしていた。

たぶん一度落第したのね、とドルリは不信の目を向けた。ひょっとしたらグレートルがわざとこんなセッティングをしたのかも。それで、この人を押しつけられるってわけね。

突然、彼女のプライドが目覚めた。この人と散歩に行ったっていいんじゃない？　もうほかの子たちの笑いものになんかならない。わたしに惚れる男がいたっていいでしょ？　この人、見かけほど変じゃないかもしれない。一度試してみるべきよ。その若者はクルトという名前だった。彼はすぐに、自分の父親が大きな服飾専門店を経営している話をした。

なぜそんなことを話すのかしら？　と、ドルリは考えた。自慢？　でも、彼の目は優しそうだし、髪もきれいだ。去年の夏は、アッター湖に行ってたんだって。お父さんが大きな店を持ってれば、それくらい当たり前ね！　ドルリは夏のあいだずっと家にいた。ぞっとするほど退屈だった。踊りにさえ行かせてもらえなかった。父さんは古風な考えの持ち主なのだ。父さんはいつも、わたしを子ども扱いする。でもわたしはもう子どもじゃないし、いまから恋をするんだ。ドルリは父への反感を膨らませながら、そんなふうに考えた。

若者は、そろそろお世辞を言うときだと思ったらしい。こんなにきれいな髪の毛と、こんなに深い青色の目は見たことがないよ、と言った。でもドルリにはわかっている。自分の髪は普通の茶色だし、目は灰色だ。それでも、かなり有頂天になった。

路上に大きな石が転がっている。目が見える人なら誰でも気づくだろう。しかしクルトはそれを、女の子の体を優しく支えるきっかけとして利用した。騎士のような行いで、効果は抜群だ。こうやってちょっと支えてもらうのは悪い気分ではない。うちの兄弟たちとだったら喧嘩にしかならないところだ。

彼がわたしの体に腕を回したらどんな気分になるか知りたいものだ、とドルリは考える。

クルトはほんとうに、不器用なタイプではないらしい。人通りの少ない素敵な道を選んでくれた。川沿いの、枝が垂れ下がっている木々の下だ。いささか道が狭いので、ぴったりと寄り添って歩かなければいけない。低く垂れた枝がときおりドルリの髪や肩に触れる。すると、クルトが邪魔な枝を持ち上げてくれるのだ。その際に彼がドルリの頬を撫でるのは、まったくの偶然だろう。

ついに、ドルリがまったく期待していなかった瞬間に、クルトは腕を彼女の肩に回す。そうやって歩くのは少しばかり厄介だ。これから何が起こるのだろう、恋はこうやって始まるのだろうか？　と、ドルリは考える。きっとすぐに胸がドキドキするに違いない。

道端に小さなベンチがあった。クルトは早速そこに腰を下ろす。彼は低い声で長々と、学校に嫌気がさしている話をする。同級生が子どもっぽすぎるんだ。俺、二歳も年上だからさ。

どうして？　と、ドルリは考える。じゃあ、彼は二回落第したのかしら？　恋をしようと思っていたことはすっかり忘れて、考えこみながら頭を後ろに反らすと、ちょうどベンチの背に置かれていたクルトの手に頭を載せる形になった。彼はドルリの髪を撫でた。「小さな巻き毛さん」、彼は優しく呟いた。

これってとんでもないことじゃないの、とドルリは一瞬考えるが、未知の不穏な感情に身を任せて目を閉じた。クルトは意味のわからない言葉を熱っぽくささやいてから、ドルリの唇にキスした。もう一度、そしてまた、くりかえし何度も。

クルトの短い口ひげがちくちくした。ドルリはふいに、彼のことをとても不快に感じた。彼の湿った口が自分の唇の上にあるのが嫌だったし、あまりにも息がしにくかった。ドルリは激しく、両手の拳で彼の胸を押した。しかしクルトはそれを、もっとやってくれという要求と取り違え、彼女の首にも猛烈なキスの雨を降らせた。

きゃあ、なんて気持ち悪いの！　ドルリは憤って身をもぎ離した。怒りに身を震わせ、両目には涙が浮かんでいた。

これが恋なの？　ドルリは一気に、目の前の若者を憎むようになった。びっくりして目を丸くして、小さな口ひげをつけて、なんて滑稽なの――大きな雄猫みたい！

彼女は笑い始めたが、それが心を軽くしてくれた。

もう一度やれるものなら、やってごらんなさい！　彼女は考えた。

しかし、若者にそんな考えはないようだった。頭に血が上った状態で、彼はそこに立っていた。その口ももう思い上がってはいなくて、ただただ愚かしかった。彼にはほんとに助けが必要だ。

ドルリはまた普通に話すことができるようになり、もう帰りたいと彼に言った。夕食に遅れるのは許されないのだ。

二人は黙りこくって帰り道を歩いた。クルトはもう、邪魔な枝をどけたり、道に石ころがあるときにドルリを支えたりしなかった。彼は欺されたような気分になっていて、腹を立てていた。

蚊がブンブン踊っている。つまり明日もまたいい天気というわけだ。そして明後日も、それから長い夏のあいだじゅう、ずっと。何かやってみなくちゃいけない、一番高い木に登るとか、両腕を広げて川に飛び込むとか。ドルリはそんなことを考えて、小さな声で笑った。

クルトはまた気を取り直し、退屈したようなほほえみを浮かべた。

変な女たちがいるもんだ、と彼は考えた。こいつらは、まったくつかみどころがないな。

# おばあちゃんが死ぬ

きょう、学校のお休みが去年よりも一週間早く始まった。駅でマリアを待っている人は誰もいない。天気がよすぎて、みんな時間がないのだ。

家に入るとエリーザベトおばさんが駆け寄ってきて、あまりに強く抱きしめたので、マリアは平衡感覚を失ってよろけそうになった。

「よかった」と、大柄なおばさんは言った。「よかった、あんたが帰ってきて。おばあちゃんがずっと、あんたのことを待ってるのよ！」

マリアは重苦しい気分になった。もう何か月も死の床にあるあの小さなおばあちゃんのことを、ここしばらく考えていなかったなんて、自分はどうかしてたんだろうか。

彼女は階段を上がり、おばあちゃんの部屋に入った。おばあちゃんは背中をクッションで支えてベッドに寄りかかり、窓を見上げていた。

でも何も見るものはないはずだ。おばあちゃんはほとんど目が見えないのだから。マリアはおばあちゃんに歩み寄り、額にキスをした。

「帰ってきたんだね」懐かしい声が呟いた。年をとって黄ばんだ茶色の顔に、かすかな満足の影が浮かんだ。

マリアは冗談を言おうとした。「まだ黒い髪があるね、おばあちゃん。いつまで見栄っ張りでいるつもり？」

いつもならこの話を始めると、おばあちゃんは辛抱強く付き合ってくれたものだった。でも今回は、おばあちゃんは答えなかった。見えない目をほほえみとともにマリアに向けたが、それは同時に訳知り顔でもあり、詫びるような表情でもあった。マリアはすぐに悟り、声の震えをうまく抑えることができた。おばあちゃんを興奮させてはいけない。心臓がとても弱っていて、どうしてまだ生きていられるのか、医者にもわからないほどだ。ナイトテーブルに薬の瓶とボウルに入ったミルクがあった。

「飲みたい、おばあちゃん？」

ボウルを口に当ててもらい、おばあちゃんは青ざめた茶色い唇をミルクで湿らせた。

もう喉も渇かないんだな、とマリアは思った。気を遣って飲んでいるだけなんだ。やせ細った長い手を、彼女は無意識に指で撫でた。病気のおばあちゃんはいまでは目を閉じて、辛そうに息をしていた。

ようやく、おばあちゃんがゆっくりと言った。「嬉しいよ、あんたをまた見られて」

見られて？　と、マリアは思った。おばあちゃんにはわたしが見えないはずじゃないの。マリアはクッションに頭を載せ、カモミール茶の香りや酢の匂い、日に当たって色褪せた洗濯物の匂いを嗅いだ――それから、その背後に隠れた危険のように――死にゆく老いた肉体の匂いも。

おばあちゃんをどこかに運んでいったとしても、この匂いは生きもののようにシーツや布団にまとわりつくだろう、とマリアにはわかっていた。おばあちゃんのもので残るのはそれだけだ。マリアはそれを考えるのを恐れた。おばあちゃんの手を持ち上げて、やさしく唇で愛撫した。

おばあちゃんはほほえんだ。「一度、あんたの母さんと一緒に草地に行ったことがあるよ。きょうと同じように、草や暖かい空気の匂いがした。母さんが歩こうとしないから、ずっと抱いていかなくちゃいけなかったんだよ。わたしは疲れてた。どんなに疲れてたか、はっきり覚えてる。でもあの子を抱いていったんだ、いまでは嬉しく思うよ。手のなかのあの子の小さな足が、とても熱くてね……草地にはアザミがいっぱい咲いてた……」

おばあちゃんは突然黙り込み、顔が灰色になった。

スズメバチがぶんぶん羽音を立てながら窓から入ってきて、テーブルの上にあった角砂糖の上にとまった。冷たい死の部屋に、スズメバチがほんの少しだけ、暑くて黄色い夏の日を持ち込んだ。

マリアは寒気を覚えた。おばあちゃんの手を離し、巨大な見知らぬ力がどんどんおばあちゃんを占領していくのを感じてぞっとした。

そのとき、衰弱した顔の上をほほえみがよぎった。かつておじいちゃんを魅了した、あのいたずらっぽい光の最後の輝きだった。

「わたしも利口にゃならないね」とおばあちゃんは弱々しく呟いた。「いまこの瞬間、もうちょっと生きていたいと思うんだよ……あと二、三週間か……何日かでも……」

「おばあちゃんがいないと寂しい」マリアはささやいたが、おばあちゃんに聞こえないほど小さな声だった。マリアが叫んだとしても、おばあちゃんには聞こえなかっただろう。というのも、おばあちゃんは急に死に始め、もう目を開けようとしなかったからだ。それでも、息を引き取るまでまだ一時間かかった。

辛そうな呼吸、それから静寂。もう一度胸が上がり、首にはまだほんの少し血が脈打っていた。マリアはその様子をじっと見つめていたが、やがてめまいに襲われた。それからマリアのまなざしはスズメバチへとさまよった。スズメバチは砂糖に小さな穴を穿ち、甘さでうっとりしてテーブルセンターの上をよろよろ歩いていた。
マリアが振り返ると、おばあちゃんはさっきとは別の顔になっていた。マリアはその顔にキスしようとしたが、大きくてざらざらした口は、マリアを拒むようだった。そこでマリアは、艶光りする青黒い髪に頬で触れるだけで満足した。

部屋を出ると、ドアが風に押されて背後で閉まった。

マリアは一瞬、身動きもせずに廊下に立っていた。ドアがガチャリと閉まる音が、長いこと耳のなかで響いていた。突然、強い不安に襲われたので、階段の一番上の段にうずくまり、両膝のあいだに顔を隠した。自分がいままでは完全にひとりぼっちだと悟り、その考えが彼女の心をあまりにも麻痺させて、動くことができなかった。

とうとうエリーザベトおばさんがそんな姿勢のマリアを発見し、びっくりして屈み込んだ。マリアは立ち上がり、大柄なおばさんにぼんやりとほほえんだ。

「死んじゃった」とマリアは静かに言った。

おばさんはすぐに大声ですすり泣き始めた。肉付きのいい頬の上を涙が川のように流れ落ちるのを、マリアは見た。そして深い羞恥心とともに、その場に背を向けた。

# ドラゴン

彼女はステファニー・マイヤーという名前で、わたしたちの新しい物理の先生だった。二回目の授業のときにはもう、この先生はぜんぜん怖くないということがわかった。彼女は不細工で、いつもどもっていて、二言目には顔を赤らめた。どうやら、できることなら地中に潜りたいとでも思っているようだ。ぜんぜん若々しさがなくて、もうちょっとで殺されそうになっていたところをやっとの思いで逃れた、へとへとのインディアンみたいに見えた。

わたしたちは当時、十五歳だった。もしわたしたちが男子だったら、子どもっぽい残酷さで新しい先生に襲いかかっていただろう。しかしわたしたちは女子で、そういう残酷な年ごろをもう卒業していた。そしてわたしたちのうち十二人が、「気の毒な生徒や先生を守るための結社」を設立した。設立者は親友のハンニだ。ハンニは絵に描いたように美しい、背の高い少女だった。誰かが不幸だったり困っていたりするのを放っておけないタイプだった。たとえば誰かがテストのときにあまりにも先生にいじめられていたりすると、急に大声で絶望的に泣き出すことができた。そうすると怒りっぽい数学の先生は手許にあるあらゆる本をつかんで、彼女の頭に投げつけたものだった。ハンニは文句も言わずにその試練に耐えた。

十時の休み時間にハンニはわたしたちに、これからはマイヤー先生を守ることにしたと明言した。きょうからは物理をちゃんと勉強し、絶対にマイヤー先生を怒らせないようにしよう、と言うのだ。「あの人を幸福で自由な人間にしてあげましょう」ハンニは熱狂的なスピーチをこう締めくくった。

クラスで四人が、当初、一緒に行動するのを嫌がった。そのうち二人は説得できたが、一人は善意の中立を守ると約束した。クラス一の悪ガキは、おとなしくすると誓うまで、女子たちから平手打ちを食らった。

それからわたしたちはステファニー・マイヤーを教育し始めた。物理を真面目に勉強し、彼女が言葉に詰まりながら行う授業におとなしく耳を傾け、彼女がつまずきそうになるケーブルや小枝を注意深く取り除いておいた。試験管が次々に彼女の手から滑って床に落ちても、わたしたちは眉一つ動かさず、音もなくささっと立ち上がって、いま起こった小さな災いの後始末をするために、箒とちりとりを取りに行くのだった。

そして実際、わたしたちが母親らしい優しさで「我らのステッフィー」と名づけた彼女は、ぐんぐんとよくなっていった。言葉に詰まることが少なくなり、敷居でつまずくのも稀だったし、ときおりはにかみながら口角を上げようとさえした。すると、わたしたちの輝くようなほほえみが、それに応えるのだった。

「見て、彼女成長してるよ！」ハンニは誇らしげに言い、ステッフィーが困惑するような質問をすることを、厳しく禁じた。「混乱させちゃいけないでしょ」とハンニは説明した。「わからないことがあったら、あとでミュラーに訊けばいいのよ」

「ミュラー」というのは美術の先生で、何でも知ってる天才だった。ほかの授業で理解できなかったことを、わたしたちはすべて彼に訊いた。

ところがそんなふうにしてもあまり彼女の助けにはならないことを、わたしたちは最終的に悟った。彼女には下の学年の、もっと荒れたクラスに立ち向かう訓練も必要だった。彼女のすべてに目をつぶってやるわけにもいかないのだ。そういうわけで、わたしたちは新しい方法を試さなくてはいけなかった。前よりも頻繁に挙手をして、とってもバカで理解できなくて申し訳ありませんと詫びながら、説明をくりかえしてほしいと頼んだ。このようにしてわたしたちは次第に、彼女に正確な物言いを覚えさせた。後期の授業が始まって、彼女が初めて実験に成功したときには、自分たちの教育がうまくいったことを誇りに思い、わたしたちは顔を輝かせた。

わたしたちの治療はついに効果を現した。ステッフィーは日々自意識に目覚めてきて、一度などは彼女がジョークだと思うところのものを話して聞かせたので、わたしたちは感激のあまり歓声をあげた。最初のころは、どうしようもない試みがたまたまうまくいったときなどに、やせっぽちの鴉のような彼女が肩をそびやかしたり、得意そうに辺りを見回す様子を見るのは感動的だった——しかし、わたしたちは次第に、彼女の自意識がもう充分発達して、生存競争にも勝ち残れるようになったことに気づいた。結局のところ、こうして新しく獲得したエネルギーを、ステッフィーが支援者であり保護者であるわたしたちに行使する必要はなかったのにと思う。四年生のクラスからも、マイヤー先生は最近野生動物のようで、みんなから恐れられているという、ぞっとするような噂が漏れ聞こえてきた。

そう、やがて明らかになったことだが、あの途方に暮れていた我らのステッフィーは、正真正銘のドラゴンになってしまったのだ。

いまでは試験管を落としても顔を赤らめることはなく、「拾いなさいよ！」とささやく。そして、冷たい笑いを浮かべながら最初の落第点をつけるまでに、長くはかからなかった。

その後の何年か、彼女はわたしたちを最も苦しめる教員になった。わたしたちは絶え間なく物理を勉強しなければいけなかったし、教科書にないことまで学ぶように要求された。

いまでは、質問されるたびにわたしたちの方が言葉に詰まり、顔を赤らめていた。マイヤー先生はいまでは髪を団子にまとめて頭のてっぺんで結んでおり、いままでで一番、出陣の道を通るインディアンっぽく見えた。ときには、長い鴉の羽が災いを告げるように彼女の頭上で揺れるのを、はっきりと目撃したように思えた。しまいにはわたしたちのうち六人が、物理の成績で警告を受けることになった。先生が特別いじめたのは可哀想なハンニで、ハンニは他の先生方の同意を得てようやく卒業試験を受けることを許された。

卒業試験の修了パーティーでは、マイヤー先生は似合わない黒いウールのワンピースを着てテーブルの端に座り、恥ずかしそうに、でも同時に挑戦的に、わたしたちを見つめていた。生徒が作った卒業新聞では、マイヤー先生については奇妙なことに一言も言及されていなかった。わたしたちはほんとうに、マイヤー先生については何一つおもしろいエピソードを見つけられなかったのだ。校長先生と乾杯の杯を合わせたとき、彼女のちょっとした不器用さが表に出てしまった。グラスが音を立てて割れ、ワインが彼女のワンピースの上にこぼれたのだ。誰かが愚かなくすくす笑いを始めた。ハンニがすばやく立ち上がると、ナプキンを手渡した。

マイヤー先生は言葉を詰まらせながら感謝を述べ、鴉のような黒髪のすぐ下まで真っ赤になった。突然、彼女はまた我らの「ステッフィー」になった。わたしたちは困惑した彼女を助けようと、みんな同時に話し始めた。でも彼女はまもなく、別れの言葉も残さずに姿を消してしまった。わたしたちは心配し、少しだけ良心の呵責を覚えたが、それがなぜなのかはわからなかった。

# 懺《ざん》悔《げ》

友人のエリーザベトとわたしは、カフェに座っていた。突然、エリーザベトがわたしの服の袖を引っぱった。「見て」と彼女はささやいた。「あの壁が窪んだところに座っている男性が見える？」

「太っちょで禿げた人？」

「そう、その人よ」

「あの人がどうかしたの？」

「あの人が初恋の相手だったの。この話、いままでしてなかったっけ？」

わたしはどうでもよさそうな顔をしてコーヒースプーンをもてあそんでいた。そうやって、懸命に無関心を装っていたのだ。いつもは無口なエリーザベトだが、どうやらその話をわたしに聞かせたくてたまらない様子だった。

「そう、もう十四年も前のことなの。新しい地理の先生が来たのよ」

「あの太っちょで禿げた人が？」

「そうね、当時はまだ禿げてなかったし、かなりスマートだった。新任教員がいつもそうであるようにね。たちまちみんなが彼に夢中になった。先生は、わたしたちのインクで汚れた指や、つぎはぎだらけのウールの靴下なんか見えないみたいに、わたしたちを大人として扱ってくれたの。あのころ、わたしたちに「あなた」とか「レディーのみなさん」と呼びかける人なんていなかった――でも彼は、大まじめにそう言ってくれて、声に皮肉な調子が混じることなんてなかった。わたしたちは、のぼせずにいられなかった！　わたしたちは急に、燃えるような興味を地理に対して抱いて、他の科目は全部なおざりにした。ところで、当時得た地理の知識は、いまでもとても役に立ってるわ――クロスワードパズルのときにね。

　エンゲルハルト先生が教え始めて二か月経ったとき、わたしたちは多かれ少なかれ彼に恋していた。何人かの生徒は先生の名前を細長い紙テープに書いていて、そうやってお昼に食べるサンドイッチと一緒に先生を食べている気になった。わたしはそこまではできなかったけど、毎日爪をきれいにして、一日おきに首と耳を洗うことで、先生への愛を示そうとしたの。

　でも、すぐに愛が苦痛になってきた。だって、他の三十人とこの愛を分け合わなければいけないんだもの。あるときには、エンゲルハルト先生が廊下でインゲとあまりにも長く話してるように思ったり、先生がグレートルのお下げを引っぱって顔を真っ赤にさせるのを目撃したりした。その五分後には先生はわたしの席に座って、じっとわたしの目を見つめるのよ。そんなことをして、どんな騒ぎを引き起こしているのか、もちろん彼にはわかっていたはず。たぶん、自分の影響力を試したいと思っていたのね。

ある日、ちょうど『金羊毛皮』を読み始めたところ、わたしは学校の用務員さんのところでミルクを一瓶受け取るために、階段を下りていった。でもイアソン〔アルゴー船を率いてコルキスという国に金羊毛皮を奪いに行く英雄〕のことが頭を離れなくて——開いた本に目を向けたまま——夢遊病者のように歩いていったの。そうしたら、階段の最後の踊り場で、誰かがわたしを優しく腕に抱えて、脇に置いたのよ。

わたしの行く手を阻んだのは、エンゲルハルト先生だった。二本の指でわたしの顎を持ち上げて何か言ったけど、わたしは興奮のあまり理解できなかった。彼の顔をこんなに間近に見たことはなかったの。とてつもなく美しく、エキサイティングに見えた。

わたしはその次の時間、まるで麻酔がかかったようにぼうっとしてしまって、ラテン語の翻訳も言い間違いだらけだった。ついに先生が、病気なの、熱があるのかしら、と訊いてくれた。ほんとに熱があった。頬は燃えるようだったし、両手は冷たく湿っていた。先生はわたしをすぐに保健室に行かせたので、わたしは一人になれるように、保健室のベッドで毛布の下に潜ったの。

先生を愛してる、と身震いしながら考えた。と同時に、ぱっと頭にひらめいた。これはきっと重い罪だ！

すぐに、この罪に終止符を打とうと思って、懺悔することにした。これは英雄的な目論見だったけど、あまりにも恥ずかしく思っていたので、懺悔のことを考えると毛布の下で体が熱くなるほどだった。

夕方また具合がよくなってから、ピアノ教師のトラウゴット先生に、懺悔についてきてくださいとお願いした。先生は嫌そうな顔をしたけど、それでも黙って近くの修道院まで一緒に来てくれた。そこは、いつもわたしたちが懺悔に行く場所だった。

いつもとは違う時間帯だった。修道司祭たちは夕食中らしかった。しかし、守衛をしている修道士が、誰かを呼んでくると言ってくれた。

あれほど背が高くて強そうな司祭は、その後一度も見たことがない。彼はうなり声をあげながら前に立って、わたしを懺悔の椅子に導き、すぐに導入のお祈りを呟き始めた。わたしは小さな子どもっぽい罪を告白したけど、恐ろしい罪については最後まで言わなかった。

「それで全部？」と司祭はイライラして尋ねた。

「いいえ」とわたしは途方に暮れて言った。「わたしには、まだ重い罪があります……わたし……男の人を愛してるんです」

言ってしまえばあとは気が楽だった、ありがたいことに！

司祭はわたしをじろっと睨んで、赤面し始めた。

「そうか！」彼は怒って叫び、祈禱机を拳で叩いた。「男を愛していると言うんだな、愚か者、哀れな奴！　お前は主イエス・キリストこそを愛すべきなのだ、それ以外には誰も愛してはいかん。わかったな？」

誤解の余地はなかった。男を愛するのが罪だとは、わたしにもわかっていた。でもそれほどひどいことだとは、思ってもみなかった。落胆して、わたしは頭を垂れていた。どうやらインフィルテル地方の農家の出身らしい司祭は、気を取り直した。わたしに罪の許しを与えて、時間のかかる贖罪を課した。そうして、わたしは解放された。

会堂ではトラウゴット先生が座って、薄い冊子を読んでいた。わたしは先生の隣に跪いて、お祈りを始めた。「主の祈り」が十回、「使徒信条」が五回。最後には聖ベルンハルト・フォン・クレルヴォーのお祈りを唱えることになっていたけど、いままでに聞いたこともない名前だったので、困ってしまった。結局、クレルヴォー聖人の名誉のために、「主の祈り」をさらに五回唱えることで許してもらうことにした。この対応で彼に不満がなかったことを期待したい。トラウゴット先生は珍しそうにこっちを眺めていて、たぶんわたしがどんな悪い罪を犯したのか考えていたんだろうと思う。帰り道、先生はずっと黙ったまま、わたしの三歩前を歩いていた。わたしはぼんやりとよろめきながらついていったが、心は軽かった。

そして、奇跡が起こったの！　翌日、わたしは顔も赤らめずにエンゲルハルト先生の目を見ることができた。実際のところ、先生の目は小さすぎるし、手は無骨だ、とわたしは思った。同情の余地なく先生を細かく観察し、たくさんの欠点を発見した。そして、六月のある暑い日、わたしは最終的に先生への尊敬の気持を失った。先生が上着を脱いだときに、サスペンダーを使っていることがわかったのだ。サスペンダー以外に何を使ってズボンを吊るべきかなんて考えなかった。ただ、次のことだけはわかっていた。イアソンもエグモントもサスペンダーなんて使わなかったのよ。

あなた、笑ってるわね。わたしはあのころ、ほんとにお馬鹿さんだったの。でも、もしかしたらそんなにお馬鹿さんでもなかったかもしれない。人生のなかで、次第にサスペンダーに慣れていったのよ」

わたしはエリーザベトを見た。赤茶色の髪を首筋で重たく結い上げ、右の口許に小さな皺のある若い女性。

「わかる？」と彼女は残念そうなほほえみを浮かべて言った。「あの太った司祭さんに懺悔できそうなことは、むしろそのあとになってたくさんあったんだけどね」

# 2 大人の生活

# 小さな幸せ

ヨハンナは毎晩六時になると黒い作業着をフックに掛け、小さな帽子をかぶって、店長にさよならを言った。店長はそのあとまだ一時間、自分の斜面机の背後でうとうとする。それから小さな貸本屋に鍵をかけ、息を弾ませながら二階に上がっていくのだった。

そのころ、ヨハンナはもう自分の部屋に着いて、家主のジーベングリューンさんがお茶を用意してくれるあいだに靴を脱いでいる。若いヨハンナは、スプーンがぶつかるかすかな音や、滴の垂れる水道の音がキッチンから聞こえてくるのに耳を澄ます。彼女の部屋は小さくて暖かく、快適さのあまり口笛を吹きたいほどだ。でも、彼女は口笛が吹けない。どうも口がそのようにできていない。そのため、ヨハンナは小さくハミングするだけで満足していた。

ヨハンナは毎晩絶好調だった。日中退屈だったり店長が不機嫌だったりしても、夜になれば取り返しがつくのだった。ジーベングリューンさんはお茶とパンを持ってきてくれて、何か親切な言葉を呟くと、するすると部屋を出て行った。

そもそもジーベングリューンさんは、考えられる限り最も無口で感じのよい家主さんだった。

それからヨハンナは青いフランネルのガウンを着る。紅茶カップの隣に本を立てかけて、食べながら本を読み始める。読むのが速いうえに、しっかりと読んだ。結末を先に読もうなんて誘惑には、けっして負けることがなかった。とてもきちんとして、慎ましい人間だったからだ。ときには読み出して三ページ目か四ページ目で、既知の人物に出会った。タイトルを覚えてなくて、また同じ本を借りてしまったのだ。でも、それすらも彼女には楽しかった。何年も前に旅した地域をまた巡るようなもので、どの窓からも知った顔があいさつしてくれるのだ。

ヨハンナはお茶を少しずつ飲み、舌でパンを味わう。塗ってあるバターがときどき古かったりもするけれど、明日になったら新鮮なバターが出てくるだろう、と楽しみにするのだった。

夕食後、大変な努力をして読書をやめると、夜の身支度をする。でも、歯を磨いているときからもう期待でうずうずし、体を乾かすのも上の空。水と石けんで洗った顔はひりひりするが、彼女はベッドの端に腰掛けて、髪の毛をブラシでとかす。本はもう膝の上に載っている。

一週間のあいだ、ヨハンナはずっと土曜の午後を楽しみにしている。土曜の午後は自分のものだ。日曜日には代母［子どものときの洗礼に立ち会ってくれた人］のところで過ごさなくてはいけないのだ。代母とは何を話していいかわからなかった。代母の方では粒状クリームを振りかけたケーキを絶えずヨハンナに勧めることにプライドをかけていたが、ヨハンナはそれで大弱りだった。

土曜日の昼食後、ヨハンナは自分の靴を心を込めて丁寧に手入れした。バルコニーでコートにブラシをかけ、少しばかり繕ったり縫ったりした。それからいつものように実家に宛てて、とても行儀がよくて中身のない手紙を書くのだった。

四時になると外に出かけ、切手を買って手紙を投函する。それから花屋で自分の部屋に飾るための小さな花束を買い、菓子屋でキャンディーを百グラム買う。

若いカップルが彼女のそばを通り過ぎていく。疲れ切った主婦たちが店から店へと駆け回る。若者たちが大きなデパートのショーウィンドウの前でぶらぶらしている。

そしてヨハンナは毎回、自分が若い肉体を持っていて、あらゆる世界と隔てられ、自分とは無縁の生活を知りたいという欲求もなく過ごしていることを、幸せに思うのだった。

それから家に戻ると、もう午後遅くなっている。ジーベングリューンさんは映画館に出かけているが、ヨハンナのためにお茶とケーキを机に置いておいてくれた。

ヨハンナは住居に一人きりだ。薄闇のなかで窓辺に座り、道路を見下ろしている。同じ建物のどこかで、子どもがピアノを練習している。水道がザーザー音を立てている。道路では風が栗の木の葉を追い立て、男たちはコートの襟を立てる。

そのあと、角の街灯に明かりがともる。その緑がかった光が世界をよそよそしく秘密めいた姿に見せる。背後には暗い部屋、目の前には夕方の道路。ヨハンナはガウンに包まれて、考えこんでいる。

服を着て出かけることだってできる。映画館とか、ダンスできるカフェとか、あるいは散歩するだけでもいい。でも、そんなことをしたら自分がどんなに途方に暮れて不愉快な気持になるか、想像してしまうのだ。

それからスイッチを入れると、部屋はテーブルスタンドの穏やかな光に照らされる。ヨハンナはカーテンを閉め、ベッドに行くと読書を始める。最初はまだ少しぼんやりしているが、やがてすぐに夢中になり、机の上にキャンディーがあることも忘れてしまう。

ところがある日、とんでもないことが起こった。

ヨハンナの帰り道、一人の男が追い越しざまに彼女のコートをつかみ、壁に押しつけながら、湿った唇を彼女の口に押し当てたのだ。

すぐに何人かが家から出てきたので、男は近くの路地に逃げ込んだ。彼は酒とタバコの匂いがした。ヨハンナは麻酔がかかったようにぼうっとして家に戻った。

鏡の前で、彼女は自分の唇を細かく観察したが、特に変わったところは見つけられなかった。

人生が突然、きわめて疑わしく不安定な事柄になってしまった。ヨハンナは、子どものころに隣の家の男の子から殴られたことを思い出した。彼が大きく彼女が小さいというだけの理由で。当時からそういうおかしなことはあったのだが、忘れていたのだった。ひどく頭が痛くなってきて、明かりを消さずにはいられなかった。

そんなふうに暗闇に座っているヨハンナを見つけて、ジーベングリューンさんがアスピリンを持ってきてくれた。「時が経てばすべてよくなりますよ。じっとしていることが肝心です」

ヨハンナは錠剤を飲み込み、じっと静かにしていた。

十年後、ヨハンナは一度夜中に目が覚めて、土曜日の午後のこと、ぴかぴかに磨いた靴や、湿った苔の匂いがした花屋や、ジーベングリューンさんのぱさぱさのケーキのことを思い出した。

ヨハンナは共感と、少しばかり意地悪な気持ちで、あの若い娘だった自分のことを考えた。あの娘はいつも本の上に屈み込み、ゆっくりと不器用にワンピースの背中のボタンを外していた。自分に満足し、頭から爪先までご機嫌だった。

# 人殺しは夕方やってきた

うちの親戚のペピおばさんは、とってもすてきな人だ。他人を恐れない。思い出せるかぎり、おばさんはいつも同じような服装をしていた。上品な灰色のワンピースが、華奢な体を包んでいる。髪の毛は頭の上でねじってお団子にしているが、晩年にはそのお団子がすっかり小さくなってしまって、ほとんど見えないくらいだった。

眼鏡の奥でキラキラ輝くおばさんの灰色の目は、人が見られたくないと思うことを常に真っ先に見てとった。そして、おばさんはあまりにも素早く動くので、用事があるときには洋服の端をつかんで引き留めなければいけなかった。ひとたび腰を下ろすとなると、おばさんはもう編み棒を手にしている。そして目の前に本を置いて、編み物をしながら編み棒でページをめくるのだった。

「ペピおばさん、編みながら本を読むなんて無理です。編み目を間違えるか、ページを飛ばすかしちゃいますよ」

　わたしがそんなふうに言うと、おばさんの小さな目は軽蔑するように光った。そして勝ち誇ったように、若い伯爵はこの本の二二二ページでザビーネの手にキスをするけど、その百ページあとにはもう小さな伯爵令嬢が揺り籠に寝かされているよ、と説明した。信じられなかったが、本を調べてみるとまさにそのとおりだった。

「ペピおばさん！　ほんとにすごい人なのね！」わたしは夢中になって叫んだ。

　おばさんは不審そうにこっちを見ていた。「あんた、指の爪を掃除した方がいいよ」おばさんは冷静に指摘した。その五分後にはサクランボのシロップ漬けを勧めてくれて、わたしの破れたソックスを繕ってくれる。おばさんは、そんな人だった。

　おばさんの正義感は筋金入りだったし、真実を話すのをためらうことはけっしてなかった。もう若いころから、地区の学校査察官と毎年衝突するということで、町のちょっとした有名人になっていた。不思議なことに、この衝突がおばさんの評判を下げることはなかった。おそらく、厳格な査察官にとっておばさんの攻撃は、ほとんど愛すべき習慣になっていたのだろう。

　ペピおばさんに三か月ごとにアドバイスを求めていたら、国家の問題だってもっとうまくいったのに、とわたしは本気で思う。おばさんはなんでも知っていた。どうやって犬の爪を切るか、スモモのムースは何回沸騰させるべきか、どうやったら新しいブラウスについたインクの染みを落とせるのか。かつては教員だったので、「腸カタル」をアルファベットでどう綴るかも知っていたし、長い平方根をすらすらと導き出すこともできて、それを聞いていると感動のあまり、わたしの鼻に大粒の汗が流れた。するとおばさんは大笑いし、わたしの手に塵拭いを押しつけて、誤解の余地がないようにはっきりと、自分が持っているたくさんの小さな置物を目で示すのだった。働くのは不名誉なことではない、というのが彼女の見解だったし、若さゆえのわたしの思い上がりはおばさんのまなざしの前で、降ったばかりの雪のように解けていった。

だが、おばさんがほんとうに深刻な目でわたしを見つめることはなかったし、おばさんとのいくつかの諍いは、また仲直りすることでもっと親しくなりたいがゆえにわたしが引き起こしたようなものだった。

ペピおばさんだって娘時代があったし、どんな娘でもそうだけれど、その頃はおばさんもぜんぜん分別なんてなかった、と秩序を愛する人々は主張している。でも、噂になっていることをすべて信じる必要なんてない。おばさん自身は若かった頃について、常に深い沈黙を保っている。のちになってわたしはペピおばさんを、その小さな町に行くたびに——だいたい二、三年に一度という頻度で——訪問した。十年前、最後に訪問したときには、おばさんはずいぶん体力が衰え、落ち着きがなくなったように見えた。夜、おばさんは一本のろうそくを手にわたしのところに来て、ベッドの端に腰を下ろした。しばらく二人とも黙っていたが、おばさんがとつぜん口火を切った。「きょうは、わたしが人殺しと知り合ってからちょうど十五年目なんだよ」

わたしはベッドのなかで体を起こした。「でもペピおばさん、どうして人殺しなんかと出会ったの？」わたしは大声で言った。

「ねえ、あんた」とおばさんはため息をついた。「彼の方がうちに来たんで、わたしが出かけていったんじゃない。その人は、わたしが夕方家に帰ってきたときに、ベッドの前の敷物の上に立っていたんだよ——ブラシをかけたばかりの敷物の上に、大きな汚い靴でね」おばさんは、腹立たしそうに沈黙した。明らかに、当時の彼の不当な行いを恨んでいるようだ。

「それで……？」ようやくわたしは尋ねた。

「ひっくり返してやった！」

「でも、ペピおばさん……」わたしはびっくりして、口ごもった。

「そう、ひっくり返したのさ、だってポケットナイフを開いて、わたしの目の前で振り回すんだから。我慢できなかったんだ。素早く敷物を引っ張ってやったら、彼は小麦粉の袋みたいに倒れたんだよ」

わたしはペピおばさんをじっと見つめた。

「残念ながら床についた染みは完全には取れなかったけどね」おばさんはため息をついた。

「あの気の毒な男は、それくらいたくさん鼻血を出したのさ。長椅子に寝かしてやって、足の下に新聞紙を、頭の下にキッチンタオルを敷いてやって、うちで何をするつもりなのかと訊いたんだよ。そしたら、自分は人殺しなんで、ここに匿ってほしい、とつぶやいた。わたしはぎょっとしたけれど、でも人殺しなんて——わかるかい、悪い犬みたいなもんだよ。こちらが不安がっている様子を見せちゃいけないんだ。

『誰を、どういう理由で殺したの？』と尋ねてみた。

『友人のカールを』彼はもごもごと答えた。このカールが、用立ててやった金を返せるのに返そうとしなかったので、男は果実酒の瓶を頭に投げつけたんだ、ということがわかった。ひどい友人が自分を欺そうとするたびに、前からよく瓶を投げつけていたのだけれど、今回だけは瓶の方がカールの頭より強かった。そして、不幸な人殺しはわたしの家に逃げ込んだのさ。

目下のところはこの男をどうにもできないと考えて、台所に連れていき、顔を洗わせてコーヒーを出してやった。彼は、『クジャク亭』の料理人のアンナと結婚して小さな建具屋を開くために、あの金が必要なんだ、と話した。

そのあと、男はわたしの長椅子で眠って、一晩中、うなされていた。あんなふうに癇癪持ちの人間は、人生で特別な苦労をするものだよ。

翌朝、わたしはアンナを呼んできた。アンナは、自首すれば刑が軽くなるから警察に行くように、と婚約者を説得した。アンナはほんとうにしっかりした可愛い娘で、神に見放された婚約者よりずっと賢かったよ」

　おばさんはそこでいきなり中断し、それ以上話すそぶりを見せなかった。

「それから？」わたしは探りを入れた。

「どうなったかっていうのかい？　人殺しは刑に服して、出所してからアンナと結婚したよ。ザルツブルクの近郊で建具屋を買って、いまでは四人か五人の子持ちさ。イースターとクリスマスには、わたしにカードを送ってくる。瓶を投げるのは、もうやめたみたいだね」

「よかったね、ペピおばさん。そんなにいい結末になって」と、わたしは言った。

　ペピおばさんは神経質にベッドの端で体を揺らし、融けた蠟《ろう》がガウンの上に落ちるのにも気がつかなかった。

「さあ、そんなにいい結末でもないんだよ」おばさんはためらいながら言った。「その建具屋の店舗は、わたしが出したお金で買ったんだよ——ちょうどぎりぎりだった——そして、わたしはときどき、姪や甥に何も残してやれないので胸を痛めてるんだよ——まったく何もないのさ。でも、わかるかい、彼はどうしても建具屋を買うお金が必要だったし、あの詐欺師のカールは——冥福を祈るけど！——彼にお金を返さなかったからね」

わたしは手を伸ばし、ペピおばさんの年とった肘と、擦り切れたビロードのガウンを撫でてあげたのだった。

# 日曜日の散歩

昼食のあと、お父さんはいきなり新聞を脇に置いた。

「きょうはみんなで散歩に行くぞ！」お父さんは言うと、拍手を求めるようにテーブルを見回した。

十歳のマルギットは、びっくりして自分の両手を見下ろした。ほんとうはお友だちのところに行く予定だったのだ。でもかまわない、お父さんとの散歩だって素敵なんだから。それに対して弟のハイニは、怒りのあまり耳が真っ赤になった。ほんとは一人でぶらぶら歩き回りたかったのだ。家族で散歩なんて、ぜんぜん気に入らなかった。三歳の「おちびさん」はケーキに夢中で、まだ何も考えていなかった。お母さんは午後、ほんとうなら少し読書ができることを期待していたのだけれど、お父さんが自分の思いつきに夢中になっているのを見て、輝くようなほほえみを浮かべ、「いいわね、わたしも前から散歩に行きたかったの！」と言った。お母さんはお父さんの鼻からそっと眼鏡を外し、自分のスカーフで埃のついたレンズを拭き始めた。

眼鏡がなければお父さんはよく見えない。テーブルの周りの顔が明るい平面にぼやけてしまった。お父さんはとても居心地が悪くなり、困惑しながらほほえもうとした。

一時間後、一家はもう出かけていた。「おちびさん」はお母さんと手をつなぎ、ずっとお母さんに話しかけていた。お母さんはときおりうなずき、丸い手をぎゅっと握ったり、邪魔な巻き毛を額から払ってやったりしていた。

マルギットとお父さんは並んで歩いていた。二人とも細くて長い足をして、両腕をぶらぶら動かしている。二人とも黙っているが、お母さんには二人がどれほど気が合っているか、はっきりわかった。以前は少し、細くて小さな娘に嫉妬もしていたのだが、その時期はとうに過ぎた。いまではマルギットはお父さんの一部になっている。三本目の腕か足といったところで、この小さな生き写しとセットでなければ、お父さんのことなど考えられないほどだ。

マルギットが注意した。「そんなに速く歩かないで、パパ！」

お父さんはすぐに歩調を緩め、ぼんやりと申し訳なさそうに、小さな娘を見下ろした。

というのも、お父さんは白昼夢を見ていたのだ。幅は狭いけれど深い川の畔に座って、ちょうど釣り糸を投げ込んだところだった。水は灰緑色で濁っており、水中で何が起こっているかは見ることができない。地面がぬかるんでいるのと、頭上を照らす太陽とをはっきり感じた。残念ながらこの川には魚はいない。つまりこれまで誰も、魚を釣り上げたことがない。しかし、お父さんは奇跡を待ち望んでいる。静かだけれど断固とした確信を持って、くりかえし糸を投げている。しっかりとした長い足が森のなかで彼の体を運んでいるあいだ、彼の心は魔法にかけられたような美しい川の畔にいて、胸は魚の予感に高鳴り、手は待ちきれずにムズムズしている。

　まさにそのとき、小さな娘の心が手芸店にいて、色とりどりの毛糸を並べてもらっているのを彼は知らない。赤、黄、青の毛糸の塊がカウンターの上に並んでいる。マルギットは、柔らかい高価な毛糸に顔を押しつけてみたい、と思う。

「お父さんの誕生祝いにブックカバーを作ってあげるんです」と、マルギットは売り子に言う。

「鹿が跳びはねている絵柄なの。鹿は茶色で、後ろの森は深緑で、手前の草地には黄色や赤の花がいっぱい咲いてるんです。空には光沢のある青が必要だし、太陽を作るのに黄色も少し要ります」

「そんなに難しいものを編み込むの？　わたしだったら無理ね」と、売り子は驚いてみせる。

「ええ」とマルギットは控えめに、幸福そうに言う。「わたしの頭のなかには、完成したらどういうふうになるか、はっきり見えてるんです」

空想のなかではこのあとすぐに、マルギットがお父さんに完成した贈りものを手渡すという、ドキドキする幸せな場面が来るはずだった。でもマルギットはそれを引き延ばし、まだしばらくはカラフルな糸を引っかき回す。それから胸を高鳴らせて、夢のクライマックスに近づいていくのだ。

一度、むき出しの爪先が、道の上に張り出していた木の根っこにぶつかる。でもマルギットはまだ目覚めたくない――それほど素敵な夢なのだ。

「おちびさん」はもう前に進めない。お母さんに引っ張ってもらう。丸い額には汗の粒が浮かび、鼻の上を転がっていく。ケーキを一切れもらったけれど、たった一つの悩みは、一口食べるごとにそれが小さくなっていくことだ。ひょっとしたら夕方、またみんなでケーキを食べるかもしれない。そしてもし一切れ余ったら、「おちびさん」は明日の朝、それをもらえるだろう。だから憂いなく、未来を夢見ることができる。「おちびさん」は子熊のように、ふんふんとうなり始めた。お母さんはそれを聞き、可愛さのあまり、口のなかに甘い味を感じた。お母さんはちゃんと目覚めていて、すべてを見ている。森の上の紺色の空、花が咲き乱れる茂みにはふっくらとした毛に包まれた大きなマルハナバチ、道にはたくさんの、縞模様のカタツムリ。お母さんは咲き始めのスズランの香りを嗅ぎ、髪を引っ張るハシバミの枝を感じた。

ずっと、ずっとこうやって歩いていきたい、とお母さんは考えた。それからとつぜん、小さくてかすかな驚きとともに、自分がどれほど変わってしまったかに気づいた。これじゃあ、自分のお母さんやおばあさんみたいじゃないの、とお母さんは考えた。でも、自分のお母さんやおばあさんも、彼女自身ではない。自分も、自分の前に生きたお母さんのお母さんのお母さんの系列も、自分とは違う。自分はどうなってしまうのか、知りたいものだ！　でも、お母さんは実際のところ、それほど好奇心が強い人間ではなかった。以前の「自分」ははるか遠くにあり、少しばかりの胸の痛みと、抑制された共感とともに思い起こす色褪せた影に過ぎなかった。

　一家が森を出たとき、太陽はもう沈みかけていた。クローバーの花が咲く広い野原が目の前にあり、強い香りが漂ってきた。ハイニが大股で跳んできて、輝く前歯をむき出しにした。少なくとも五十四のコガネムシもどきをつかまえたのだが、コメツキムシやゴミムシダマシばっかりだった。でもいま、最後にようやく、コガネムシの王さまを見つけたのだ。

　小さな王者はハイニの清潔とはいえない手の上を這っていて、ハイニはそれをお母さんに見せびらかした。

　その間にお父さんも夢から醒めて、立ち止まった。彼のひょろ長い顔には神々しいほほえみが浮かんでいた。我慢が報われて、川はいきなり魚であふれ、リュックサックいっぱいの魚を家に持ち帰ることができるのだ。

　マルギットがお父さんの腕にぶら下がっていた。大変な努力のあとのように、青ざめて疲れ切った様子をしており、現実世界で自分を取り戻す必要があった。

ケーキも残らず平らげられた。「おちびさん」は顔をゆがめ、泣きそうな声で「疲れた」と訴えた。お母さんの腕に抱かれて、肩に頭をもたせかけると、「おちびさん」はすぐに眠ってしまった。お母さんはケーキの詰まった丸いお腹が自分の胸に当たるのを感じ、小さく笑い声をあげずにはいられなかった。

「ほんとに素敵な散歩だったわね」とお母さんは言うと、お父さんに向かってうなずいた。

「あなたって、いつもいいこと思いつくのね」

コガネムシの王さまが慎重に翼を広げると、羽音を立てて、沈みつつある太陽に向かって飛んでいった。

# おもしろい夢を見る女性

彼女はとても魅力的な人で、彼はすっかり惚れ込んでいた。当初、彼は彼女が毎朝、自分の見た夢を詳しく話してくれるのをおもしろがっていた。そう、彼はそれらの夢を、非常に注目すべき、彼女自身と同じくらいすばらしいものだと考えていたのだ。

もちろん、夜、絶望的な叫び声で目を覚まされるのは、ちょっと不安なことではあった。「料理女がニワトリを生きたまま焼こうとしたの」だとか、「足が六本ある子どもを生む夢を見たの」と言うわけだ。しかし、彼女をなだめるのは簡単なことで、二、三、慰めの言葉をかけ、キスをしてやれば、涙で濡れた顔を彼の肩に擦り寄せて、また眠り込んだ。ところが彼の方は何時間も目が覚めてしまい、男性らしい徹底ぶりで、生きたまま焼かれたニワトリとか、足が六本ある子どもについて、あれこれ不気味に思い巡らすのだった。

しばらく経つと――それはだいたい四年経った頃だったが――彼らは実際的な理由から寝室

を別にした。若い妻は自分の夢を、バスルームや朝食のコーヒーの際に披露することで満足せねばならなくなった。

彼女はあいかわらず、とても奇妙な夢を見続けていたが、それらの夢が夫には、次第に気にさわるようになってきた。彼はもはや、彼女が郵便配達人の舌を扉に釘付けしたとか、エチオピアの王さまにネズミの害に対して対策を講じるように忠告した、という話を聞くのになんの価値も見出さなかった。エチオピア王がその提案にどう反応しようと、彼にとってはどうでもいいことだった。彼の願いはただ一つ、邪魔されずに朝刊を読むことだった。

しかし、彼女は容赦しなかった。夫の手から新聞を取り上げ、キラキラ光る目で彼を見つめると、「あんたのデスクの下に小人の軍隊がいたの……言っとくけど、めちゃくちゃおかしかった」と話すのだった。

こうした状態を、夫はますますイライラしながらも、まだ一年耐えた。結婚生活は思わしくなく、彼は日々苛立ちが募り、彼女の方は自分が理解されないと感じていた。

ときおり夫は、妻を怒鳴りつけた。「バカバカしい夢の話はやめてくれ。ぜんぜん興味ないから」

すると彼女はびっくりして黙る——二日のあいだで、それ以上ではない。というのも、彼女はさっぱりした性格なのだ。三日目の朝、彼女はまた嬉しそうに気を取り直して、「素っ裸で懺悔に行く夢を見たの」と報告した。彼は離婚の計画や自殺の予定を立て始めた。

夫婦の親密なひとときに、妻が「わたし、夢のなかで金髪の頬髭を生やしていたの。オーム・クリューガーみたいに」［「オーム・クリューガー」は一九四一年にドイツで作られた、イギリスに反対するプロパガンダ映画。エミール・ヤニングスが演じた主人公は立派な頬髭を生やしていた］と告白すると、夫はものも言わずに立ち上がり、カフェーハウスに行ってしまった。

翌日、彼は妻に対して非常に真剣な面持ちで宣言した。彼女があと一回でも夢の話で自分を煩わせたら、ただちに離婚する、と。

夫の真剣さは、非常に強い印象を与えた。彼女は四週間、おずおずとして黙りがちで、天気のことか食料品の値段についてしか話さなかった。

だが、彼にとっては解放のように感じられた最初の週が過ぎるともう、夫は言葉にできないほど退屈し始めた。人生はとつぜん灰色になり、輝きを失った。冒険映画を見にいっても、もう気持ちは晴れないのだった。

ある朝、ちょうど四週間が経ったときに、彼は妻が浴槽の端に座って、寝ぼけたように一人でくすくす笑っているのを見た。鋭い目で見つめると、妻は顔を赤らめて、口ごもった。「夢で何があったか、あなたにわかるなら……あ、ダメダメ、話しちゃいけないのよね……」

「一回くらい話したっていいさ」彼は鷹揚に言い、内心密かに期待した。

「わたし、どこかの官庁の宮廷顧問官だったの」妻は熱心に語り始めた。「そこに年とった大佐がいて、しょっちゅう自分の愛犬ベロのために年金を出してほしいと請願に来るのよ。官庁の人たちはみんな憤慨していたけれど、わたしはとうとうそれを認めてやった」そう言いながら、彼女はふいに考えこんだ。「おかしなことに、その犬は一八四八年生まれだった――でも、そんなに年寄りの犬がいるわけないよね」

「ありえないね」と彼は冷淡に言ったが、それから妻に歩み寄ってキスをした。そして、その後四週間、二人はとても幸せだった。

# ミルテの木、もしくは軽率なマティルデ

ある朝、配達が遅れて夫が新聞なしで朝食を食べなければならなくなったとき、読むもののない彼の目が、ふと妻の足を見とがめた。彼は憂慮のため息をつき、ポケットから数枚の札を取り出すと、テーブルの上でそれを妻の方に押しやった。「ここに五十シリングあるよ、マティルデ。これですぐに新しいスリッパを買うんだ」

マティルデは驚いて頬を赤らめた。もらった金をお盆の下に突っ込むと、彼女は寝室に走っていき、一番いい靴下をはいた。夫が会社に行くと、マティルデはすぐハンドバッグに五十シリングを突っ込んで、家から道路に出ていった。

よく晴れた八月の朝だった。暑くなりそうだった。マティルデは生真面目に一つの靴屋から別の靴屋へと急いで歩き、商品を見て回った。そこには、あらゆる種類のスリッパがあった。灰色のフェルトで作られたおとなしめの上履き。赤くて色っぽい、モロッコ革の小さなスリッ

パ。商品のまんなかは柔らかい青革製で、内側に溢れんばかりのウサギの毛皮が貼られている、おとぎ話に出てくるようなスリッパもある。

マティルデはそこから目を離せなくなったが、見れば見るほど悲しくなるのに気づき、急いでその場を離れた。そして、自分の着古したナイトガウンにはフェルトのスリッパの方がお似合いだし、あのウサギの毛皮からはきっと毛が抜けるに違いない、と自分に言い聞かせた。

こうやってまた正気に戻った彼女は、次は野菜を買うためにマルクト［露天市］に行こう、と決めた。マルクトは恐ろしいほど混雑していた。誰もが非常に急いでいるように見えた。みんな、苦々しい顔をしながら何とか人をかき分けてなかに入ろうとし、おびえている子どもを脇に押しのけ、こわごわ歩く小さなダックスフントの丸い足を踏んづけていた。

マルクトの中央にある噴水の前で、マティルデは疲れ切って足を止めた。そこには駐車した車の長い列ができていた。そして噴水のすぐそばには、見事な葦毛の馬が立っていた。

その馬は羽帽子もかぶっていなければバッグも持たず、コートも着ていなかった。ただ、日光に輝く灰白色の毛皮だけを身につけている。

マティルデは感嘆のまなざしでその馬を眺めていたが、馬はやがてゆっくりと顔をこちらに向け、黄色い歯を剥き出しにしながら彼女を親しげに見つめた。

昔からお世話になっている歯医者さんとその馬がそっくりであることは、見まごうことのない事実だった。

マティルデは反射的に舌で奥歯の悪いところを探り、良心の呵責に駆られた。

「来週はきっと行きますから」彼女は困惑してつぶやいた。

葦毛の馬は見下すように長い頭を下げ、この件にはそれ以上関心がないようだった。

ちょうど靴屋に入ろうとしたとき、マティルデは向かいの花屋の商品のなかに、小さなミルテの鉢植えがあるのを見た。彼女はたちまちその場を離れ、道を渡った。ミルテの鉢植えはちょうど五十シリングで、フェルトのスリッパよりも三シリング安かった。マティルデは、特別にいい買い物をした気分になった。

家に戻ると彼女はミルテの鉢植えをキッチンテーブルに置き、うっとりと眺めた。その木はとても優美で華麗だったので、頬でそっと触れることしかできなかった。

その日、彼女の掃除は床の表面をなぞるだけだった。というのも、二、三分おきにキッチンに駆け込んで、ミルテの木を見ずにはいられなかったからだ。しまいには時間がなくなってきて、大急ぎで料理を完成させなければならなかった。

十二時二十分にマティルデはミルテの木を持ち上げ、屋根裏部屋に運んだ。窓際にある古い一本足の縫い物机の上に鉢植えを置くと、ドアから見えないように、たくさんのガラクタをその前に積んだ。そして、口笛を吹きながら階段を下りていった。

彼女は軽率な人間で、自分の未来がどうなるかなんて、これっぽっちも心配していなかった。

夫の皿の横に、彼女は大急ぎで見つけることのできた新聞を全部積み上げた。古い日付のものもあったけれど、夫が何も読まないよりは古い新聞でも読みたがることを知っていたのだ。

そして、ほとんどの軽率な人々と同じように、彼女も運がよかった。

食事は穏やかに進んだ。一度だけ、夫が尋ねた。「きょうは何をしたんだい？」返事を期待するような尋ね方ではなかったが、マティルデはただちに話し始めた。野菜の値段。可哀想なダックスフントの前でさえ立ち止まらない人々の思いやりのなさ。実に立派な葦毛の馬。「その馬ったら、わたしたちの歯医者さんに生き写しだったのよ！」と彼女は締めくくった。

「うん、うん」と夫はぼんやりつぶやいた。「それは大変なスキャンダルだね！」

彼は煙草に火をつけ、社説や株式市況やスポーツニュースなどの海に沈み込んでいった。マティルデはそっと部屋から出ると、キッチンで用事を片づけた。夫がまた会社に行ってしまうと、マティルデはミルテを居間に持ってきて、デスクの上に置いた。それから繕いものを始め、途方もなく満足した気分になった。

夕食もうまく過ぎていった。マティルデは鉢植えに水をやり、夜のあいだ隠した。夫はナイフやフォークの隣に興味深い法廷レポートが置いてあるのを見つけた。そのために、妻がかすかに息を吹きかける程度のお休みのキスをして、素早く部屋を出て行ったのも、それほど気に留めなかった。

きょう、マティルデは寝室の明かりをすぐに消し、キルティングの掛け布団の下で感謝しながら体を伸ばした。

ミルテの木は屋根裏にあって、銀色の星の光に浸っていた。

何のために、新しいスリッパが必要なのかしら？　とマティルデは考えた。冬中、親指を引っ込めてさえいれば、あの古いスリッパはまだまだ使える。いつものように軽やかに、彼女はその場で眠りについたのだった。

# フォン・ガイエン氏の夜の出逢い

アドリアン・フォン・ガイエン氏は家のなかを歩き回っていた。子守女以外の使用人たちは外出していたし、妻はお楽しみ会に出かけていた。つまり彼はひとりぼっちだった。仕事部屋の窓が開いていて、庭から漂ってくる強烈な花の香りが、彼を落ち着かなくさせ、部屋から追い出した。じっとりと生ぬるい春の宵には我慢ができなかった。嫌悪せずにはいられなかった――こうした夜は危険で、人を混乱させる！

廊下を歩いていくと、青いパジャマを着た小さな姿が、一階から階段を裸足で上がってくるのが見えた。ナンディが、コップに入った水をこぼさないように注意しながら慎重に運んでいたのだ。ふさふさした黒い巻き毛は、この家には似つかわしくないほど異国風だったが、とても魅力的だ、とアドリアンは認めずにはいられなかった。

「ナンディ」と彼は、相手をびっくりさせないように、できるかぎり優しく話しかけた。「夜中に何をしてるんだい？」

少年は顔を上げ、目を大きく開いて彼を見つめた。いや、びっくりしたわけではなさそうだ。良心に一点の曇りもないんだな。この時間に、おまけに裸足で家のなかを歩き回るなんてことは、ほんとにおかしいんだけどな。

「喉が渇いちゃったから」少年は明るい声で説明した。それから考え深そうに顔をしかめた。

「秘密があるんだ、アドリアンおじさん」少年はささやいた。「誰かに話す？」

「いや、秘密を誰かに話すなんてことはしないよ」とアドリアンは言った。

「そんなこと誰にだって言えるさ」とナンディは少しもったいぶって言った。「ぼくの言うことをくりかえしてよ。もしわたしが秘密を漏らしたら、両腕と両足が抜け落ちますように」

「そんな言葉、誰から習った？」アドリアンはおもしろがって尋ねた。

「料理のおばさんが、いつもローザさんに言ってるんだよ。もういいから、くりかえしてよ」

「もしわたしがきみの秘密を漏らしたら、両腕と両足が抜け落ちますように」アドリアンは厳かに言った。

少年はアドリアンの手を取り、子ども部屋に引っ張っていった。

小さなナイトテーブルの上にはひとつかみの干しぶどうがあり、ベッドにはテディーベアと、ぬいぐるみの犬が二匹と、ひどくぼろぼろになったキリンがきちんと置かれていた。

「ここに座ってよ」とナンディは言うと、義父の方にスツールを押しやった。

アドリアンは素直に腰を下ろした。「ローザさんはどこにいるんだい？　ひとりきりなのか？」と彼は尋ねた。

ナンディは興奮していて、くすくす笑った。「それがぼくたちの大きな秘密だよ。ママが出かけると、ローザさんはいつも角砂糖や干しぶどうをくれて、病気の弟のお見舞いに行くんだ」

「そうか、それはすごくおもしろいことだね」とアドリアンは言った。

「それに楽しいんだよ」少年は夢中で続けた。「ぼくたちは」――彼はベッドの上の動物園を指した――「疲れて眠くなるまで、干しぶどうを食べて水を飲むんだ」

アドリアンは――無責任な子守女に対して憤慨したものの――心を動かされた。この奇妙な子どもは、どうしてまるで当たり前のように、自分の小さな秘密を打ち明けるのだろう？

これまで、あまりこの子とは関わってこなかった――憎しみからではなく、どんな子どもに対しても、ある種の困惑を感じてしまうからだ。

自分で子どもを持ったことがなかったから、子どもとどんな話をすればいいか、ほんとうにわからないのだった。

「ローザさんを怒ったりしないよね？」ナンディがふいに、心配そうに尋ねた。「ローザさんは、秘密をばらすのは悪党だって言ったんだ」

アドリアンは笑った。「そしてきみは、もちろん悪党にはなりたくないんだね？」

「うん」ナンディは元気に言った。「悪党は鼻につくもんね」それから、ちょっと間をおいて考えてから、「アドリアンおじさん、ところで悪党ってなんなの？」

「悪党ってのは、約束を守らない人のことだよ」アドリアンは説明した。

「悪党さんは多いの？」

「悪党、でいいんだよ」アドリアンは訂正した。「残念ながら、悪党はかなりたくさんいるな」

ナンディはベッドに座って、興奮して目をキラキラさせていた。指でつまんだ干しぶどうを口に入れることさえ忘れている。

突然、まったく別のことが思い浮かんだようだった。「おじさんがお金持ちだっていうのは、ほんとうなの？」

「それは考え方によるな」とアドリアンは答えた。「もっとお金持ちの人だっているよ。でもぼくは満足していられる」

「ローザさんは、おじさんはお金持ちなのにちゃんとした人だって言ってるよ。大きな農場を持ってるって言うんだ」

「このことをマリエッタに話すのはやめよう」とアドリアンは秘かに決心した。軽率な生活態度はともかく、ローザという人物は悪い奴じゃないらしい。それに、夜の小さなお楽しみをナンディから奪う権利が、自分にあるだろうか？

「農場がなんなのか、説明してよ」ナンディはせがみ、信頼しきった様子で華奢な手をアドリアンの膝にのせた。

「農場にはね」アドリアンは、愛情たっぷりの接触にいささか困惑しながら説明し始めた。「大きな家があって、牧草地や畑や森もたっぷりあるんだよ。馬や雌牛や子牛のいる、大きな家畜小屋もあるんだ」

ナンディはうっとりしたようにため息をついた。そして、「もっと話してよ」とせっかちにせがんだ。

「それから猫と犬とアヒルもいる。ガチョウと鳩も。もちろん豚もいるよ。たくさんの豚がいるんだ」

「それなのにどうしてそこにいないで、ぼくたちのところにいるの？」ナンディは矢継ぎ早に尋ねた。

「管理人がいるのさ」とアドリアンは教えた。「管理人がぼくの代わりに、みんなを監督してくれる」

ナンディは細い眉を上げた。

「どうして自分で仕事しないの？　ぼくが農場を持ってたら、管理人なんていらないよ」

「そうかい？　じゃあ、どんなことをするの？」

「一日中、馬や犬と遊ぶんだ」ナンディは夢見るように言った。「年取って死んじゃうまで、そこから離れない」そして、ちょっと間をおいてから、ほとんど同情するかのように、「アドリアンおじさんは、ほんとにバカなんだなあ！」

アドリアンは義理の息子の正直そうな小さな顔を見つめ、突然、猛烈にタバコが吸いたくなった。

「きみの言うとおりだね」と彼は認めた。「だがね、小さなお友だち、いまはもう寝る時間だ。ママももうすぐ戻ってくるからね」

彼は小さくて暖かい肩の上に掛け布団を掛けると、くしゃくしゃの巻き毛をぎこちなく撫でてやった。

ふたたび書き物机の前に戻っても、まだ手のひらに柔らかい子どもの毛の感触が残っているように思えた。それからまた残念そうな高い声が耳によみがえった。「アドリアンおじさんは、ほんとにバカなんだなあ」

彼はタバコを揉み消し、窓辺に歩み寄った。

「この春ときたら」と彼は腹立たしげに考えた。「春なんて、なくすべきだ。誰もが無秩序にうろうろして」それからだしぬけに、背の高い両開きの窓を閉め、しっかりと鍵を掛けた。

# お話

　もう何週間も前から、真面目なお話を書きたいと思っている。でも、いつも何かに妨げられてしまう。あるときは、時間がない。あるときは、気持ちが乗らない。もしくは、家中探しても鉛筆がない。つまり、お話は出てこようとしない。

　とうとうある雨の日、グッギとブルシがお昼ごはんのあとにわたしをデスクまで引っ張っていき、もうずっと前に約束したはずのサッカーボールのことで文句を言った。

「なら、いいわよ」とわたしは不機嫌につぶやいた。半時間ほど静かに新聞を読んだりラジオを聞いたりしたいというわたしの望みは、あっけなく潰された。

「ぼくたち、いい子にしてるから」とブルシが請け合った。「でもそれは、ママがお話を書いてくれるときだけだよ……他の子はみんな、サッカーボールを持ってるんだ……」そう言って、二人は部屋を出ていった。

わたしはしょんぼりしながら鉛筆を嚙んだが、鉛筆の端には消しゴムがついていて、まったく元気が出るような味ではなかった。

お話を書くという判決をわたしに下したのは、いったい誰なんだろう？　他の女性たちは、たとえば家族のために背広やワンピースを縫って、さらに残りの生地で魅力的な絨毯を作り上げたりする。マットレスの修繕をしたり、サンダルを編み上げたり、家具に色を塗ったりする女性さえいる。

あるとき、わたしは母の誕生日に三角形の布を編んだ。鮮やかな色のウールでとてもきれいだったが、どうしても三角形にならなくて、最後には余分な角を切り取らなくてはならなかった。前もって、経験豊かな人、たとえば手芸の先生などにアドバイスを求めるべきだったのだ。でもわたしはいつもすべてを一人で、誰にも手伝ってもらわずにやろうとしていた。

そう、わたしが子どものころ、あれほど反抗的で意固地でなければ、いま、古い革の残りで子どもたちにサッカーボールを作ってやることができただろうし、自分をこんなに苦しめずにすんだだろう。

ところで、頭のなかではわたしはお話をとっくに完成させていた。ただ、それを書き出せばよいのだった――ところが、まさにそれが難しかった。雨が庇に打ちつけていた。雨は発育不全のリンゴの木を洗い、輝く緑色にしていた。しかし、そんなことで気を逸らしていてはいけない。いったい何をぐずぐずしているのだろう、いい加減に書き始めろ、この臆病者！

　わたしのお話はとても感動的で、愛と克己心に満ち溢れているのだ。

　ちょうど三行書いたところで、ドアが細く開いた。子どもの四つの目がわたしを見つめていた。

「もう書き始めたのかなって思ったんだよ」グッギがささやき、思いやり深くドアをまた閉めた。

　さて、どこまで行ったっけ？　グッギの小さな鼻の上には少なくとも五十個のそばかすがあるが、それは全然わたしのお話に合わない。

　わたしは集中しようとして、五分間、灰皿に催眠術をかけようとしてみた。ようやくお話のヒロインの心情をまた思い出せたところで、誰かがドアをノックした。今度はブルシだった。彼はとても小さい声で話した。

「ぼくたち、針金でロープウェイを作りたいんだ。お願い、小さな紐をちょうだい」わたしは台所に行き、紐を探した。それからブルシに、他にも必要なものがあるかどうか、よく考えるように言った。しかし彼はすっかり満足した様子で、紐を持って退場した。

　三分後、グッギが現れて、同じように「とても小さな紐」を要求した。子どもには公平でなければいけない。彼は洗濯用の紐を受け取り、立ち去った。

しばらく集中して空を眺めたあと、わたしは美しい文を四つ書くことに成功した。

次の中断は短かった。二人が必要としたのは「小さな釘一本」だけだった。そんな細かいことで腹を立てる大人がいるだろうか！　釘なしでロープウェイが建設された例はない。わたしはそれどころか、さらに五本の釘を、彼らに持っていってやった。しかし、お利口な子どもたちにはそんなにたくさんの釘は必要なく、一本で充分とのことだった。

しかし残念ながら、やはり釘が二本あった方がロープウェイを固定するのにはよかった、ということが明らかになった——十分後のことである。わたしはちょっとした怒りの発作を起こしてグッギに釘の入った箱を投げつけたが、そのために自ら不利益をこうむった。一人ですべての釘を拾い集める羽目になったからである。子どもたちは三十分間、姿を見せなかった。さえずるようなおしゃべりの声と、くぐもった金槌の音が子ども部屋から聞こえてくるだけだった。

善良で穏やかな自分のお話の雰囲気に戻ることが、今度はとても難しかった。ヒロインはわたしの鉛筆によって不愉快な変化を遂げ、彼女にはまったく似合わない皮肉っぽい特徴を備えることになった。

健康な子どもなら、四時にはお腹が空く。わたしの子どもたちも、ありがたいことに健康だった。彼らが台所でジャムを塗ったパンを四個平らげ、ロープウェイについて話をしているのが聞こえてきた。彼らの会話は常にそうなのだが、しばらく続けると衝突へと発展する危険をはらんでいる。きょうはブルシが、弟を「うすのろ」呼ばわりした。
　わたしは彼らに角砂糖を二個ずつ与え、気持ちのこもった言葉で、あと一時間おとなしく遊んでいてくれと言い聞かせた。そうしたら、自分たちのサッカーボールを手に入れる見通しができるから。最後の一言には効き目があったようだ。わたしは十五分間、執筆することができた。しかし、どうも集中できなかった。これからまだ、何が起こるだろう？「ママ、ぼくお外に行きたい。お願い、ズボン吊りを外して」「ママ、ブルシがぼくの鼻にガブッて嚙みついたの」「ママ、火星人はどれくらいの大きさなの？」（わたしの子どもたちはとても教養がある。字を覚えて以来、グラフ雑誌を読んでいるのだ）
　ひょっとしたら子どもたちは釘を呑み込んだり、窓から外に身を乗り出したりしていないだろうか。わたしがこんなに神経質でなければいいのに。
　鈍い殴り合いの音。それからグッギがわあわあ泣き始めた。ようやく、と考えてわたしはほとんど救われたような気持ちになる。災いが起こりそうな静寂のときがこれで過ぎ去ったからだ。グッギは泣き始めると、最高三時間まで頑固に泣き続けることができる。わたしの発見によれば、いまのところこれが彼としては唯一のプライドの表し方だ。わたしは耳に綿を詰め込み、次の文を書く。どちらかといえば可憐な人であったヒロインは、いまや恐ろしい変化を遂げた。女は論理性がないからなあ、という非難を避けるために、このお話の結末を変えなければいけない。この人物は水に飛び込んで自殺したりなんかしない。むしろライバルを溺れさせるタイプだ。いいアイデアがある。これを犯罪小説にすればいいのだ。でもそうすると、始まりの叙情的な部分が合わなくなる。自分の人生と同じようなごちゃごちゃした展開をするお話に、お金を払いたいと思う読者はいないだろう。

あの泣き喚く声さえ止んでくれれば！　一度、グッギをぶちのめすべきかもしれない。でも、そうしたら彼よりもわたしが疲れてしまうだろう。それに、結局はまたそれで泣き始める原因を作るだけかもしれない。

ようやくブルシが来た。彼は、自分の価値を知り尽くした男のような表情をしている。わたしが悲しそうに鉛筆を噛んでいる様子をしばらく見つめ、愛嬌たっぷりに話し始める。「もしグッギを静かにさせたら、三十グロッシェンくれる?」「静かにさせる」は、彼のお気に入りの言葉だ。これはもちろん脅迫だ。グッギが泣けば泣くほど、ブルシの貯金箱にお金が入ることになる。

「三十グロッシェンはね、大したお金なのよ、ブルシ」わたしは悲しそうに言う。ブルシは穏やかにほほえみ、白い歯を見せる。「でも、グッギはきょう、すごく大声で泣いてるよね、違う?」

ちびの取り立て屋、さあ、三十グロッシェンを持っていけ。ひょっとしたら将来、お前は家族のなかで最初の金持ちになるかもしれない。

わたしの犯罪小説は、すばらしくはかどる。サッカーボールの半分は、もう保証されたようなものだ。グッギは泣き止んだ。もうすぐここに来て、洗い立てのハンカチをちょうだいと言うだろう。

雨も止んだ。太陽が水たまりに映り、湿った風が穏やかに流れて部屋に入ってくる。

お邪魔虫たちが部屋に現れ、ニコニコしながら「ぼくたち、きょう、特別お利口だったよね。一緒に公園に行ってくれない？」と言ったとき、わたしはもう全然腹が立たなかった。

同情の気持ちが沸き起こってきた。ほんとうに、三時間お利口にしているのは大変なことだ。大きい子だって、そんなにはできない。わたしは立ち上がって、ノートを閉じた。急いで子ども部屋を片づけよう。ブルシは積み木を探すためにベッドの下に潜った。グッギは紙の切りくずを厳かな顔でテーブルから窓の敷居に運び、そこからおもちゃ箱へ、それからまたテーブルへと運んだ。

すべての積み木を集め終わり、いろいろな紐を回収してチェスのコマをゴミ箱から拾い上げると、わたしはグッギに手伝ってもらいながら眠気が来てしまったブルシをベッドの下から引っ張り出し、みんなで公園に行く。

ひょっとしたら、二人がきょうと同じくらいおとなしくしていてくれる午後が、また訪れるかもしれない——そうしたら、お話を最後まで書き上げよう。

# とりわけ奇妙な愛の物語

ペーターから解放されるためならどれだけお金を払う覚悟があるのかなんて、わからない。もちろんビタ一文も払わないだろう。彼と別れたくなんかないのだ。彼はいま、わたしの唯一の所有物だ。いや、それも正しくない。ペーターはわたしのものではないし、誰かのものでもない。だからわたしは実際のところ、何も所有していない。一人の女性にとって、これはいささか少ないと言わざるを得ないだろう。とりわけ、もう若くない一人の女性にとっては。

ペーターを所有しているという思い込みは、昔からのものだ。そう、わたしはもう二十五年間もペーターと格闘している。あるいはわたしがペーターに関して作り上げたイメージと。彼自身はほんとうに一度も、わたしを彼に依存させようと試みたことはない。それどころか、こんな関係になってしまったことを彼はとても残念がっている。でも、こんなに長い時間のあとで、どうやって関係を変えられるだろうか？

こんなことが始まったのは、わたしが彼の隣の席だったからだ。わたしたちが通っていたのは近代的なギムナジウム［小学校に四年間通った後に進学する学校］で、男子と女子が混じって教室にいることに大きな価値がおかれていた。このことは、子どもたちにある種の利益ももたらした。女子は男子に数学の宿題を写させてもらったし、男子は女子から英語やラテン語の宿題を教えてもらったのだ。この方法のおかげで、うちのクラスでは一度も落第者が出なかった。

ギムナジウムの一年生のとき、学校の用務員さんに馬鹿にされたことがあって、用務員さんが大嫌いだということを休み時間に隣席のペーターに打ち明けた。わたしたちはどちらも十歳半で、わたしはペーターより頭ひとつ分小さかったが、体は彼より丸々としていた。ペーターはわたしを長い時間、考え込むように見つめて、「ほんとに？」と言った。「もちろんよ」と、わたしは叫んだ、「このインク瓶で歯を折ってやりたいくらいよ」この言葉がペーターに強い印象を与えたようだった。彼は珍しい動物を見るような目でわたしを見ると、ほとんど悲しげな声で言った。「ぼくには、嫌いなものはないんだ。何かを嫌いになるってどういうことか、詳しく教えてほしいな」そんな関心を持ってくれたことが嬉しくて、わたしはペーターといろいろ話すようになった。ペーターの手は細く、指は長かった。これなら学者になるべきだ、とわたしは思った。二十五年前には、学者というのは目指す価値のある目標だったのだ。しかし、こんな決めつけをペーターに直接伝えるべきではない、と何かがわたしに警告した。密かに、目立たないように、彼をそっちの方向に向かわせる方が、都合がいいかもしれない。

その後の八年間、わたしはペーターを観察し、彼のことで腹を立てたり、邪魔者を取り除いたり、彼を褒め称えたりすることに専念した。彼の前で道化役を演じることも少なくなかった。ペーターは悲しい気分になりやすい子どもだったのだ。わたしは、自分が面倒な立場に立たされないように、勉強も頑張った。優等生にだってなれただろうが、わたしのプライドは別の方面に向かっていた。

最初のころ、わたしはペーターにくりかえし、暴力沙汰が起こるような物語を話して聞かせなくてはいけなかった。話が野蛮であればあるほどよかった。わたしが創作した人物は、熱帯に暮らし、感情をすぐに爆発させる情熱的な人間で、短剣を振り回したり、怒りのあまり海に飛び込んだり、泣いたり荒れ狂ったり憎んだり愛したりした。あまりにも激しい人々だったので、わたしでさえ怖くなることがあるほどだった。ところがペーターはそうした話を聞くと明るくなり、どんどん夢中になったので、わたしは次々にとんでもないストーリーを考える羽目になった。「話してよ、ミランダが乱暴な船長をどれくらい憎んでいたか？」と、彼は言うのだった。そこでわたしは歯を剝き出し、目を白黒させ、ほとんど髪を逆立てんばかりにした。ペーターは灰色の目をしっかりと見開いて、わたしをじっくりと観察した。物語を聞いたあと、彼はこんなふうに言った、「きみを羨ましいと思いたいんだけど、羨むってのがどういうことなのか、よくわからないんだ」そこでわたしは羨むという感情について説明したが、彼にはよく理解できないようだった。

教材室の壁には鏡があって、そこに映っているのはずっと前から雷鳥の剥製だけだった。ある日、わたしはペーターがこの鏡の前にいるのに出くわした。歯を剥き出しにし、目を白黒させ、短い髪をかきむしっている。最初、わたしは驚きのあまり固まったが、やがてペーターがわたしの憎しみの表現を真似ているのだと気づいた。でも、その様子は似ても似つかなかった。思わず、人形劇場のあやつり人形のことを考えてしまった。ペーターの動きにはどこか不快なところがあり、だんだん気持ちが悪くなってきて、わたしはそっと立ち去ろうとした。すると彼がこちらに気づき、振り返った。ペーターは笑いながら大声で言った、「全然できないや。笑ったっていいよ。こんな才能、いらないんだから」わたしはちっとも笑う気分ではなかった。むしろ何か不当な行為を目撃したときのように、困惑した気持ちだった。しかし、ペーターの方はまったく屈託がなく、自分で自分を面白がっていた。それは、彼の謎めいた特性の一つでもあった。子どもというものは概して傷つきやすく、他の子どもから馬鹿にされることを極端に恐れている。ところがペーターは、侮辱や中傷、萎縮といったことがらを理解しないのだ。ときには完全に無感情に見えることさえある。

子どもの友情は、たいていは空間的な別離によって終わりを迎える。後になって子ども時代の友人に出会っても、もう感じのいい相手だとは思えない。何も共通点がないことに気づき、どうでもいい話をし、がっかりして退屈する。すると、かつての友人が突然、「三列目に座っていたミュラーを覚えてる？　赤いズボン吊りの子だよ」と言い、すべてが一変するのだ。あなたの目の前に座っているのは、そばかすのある小さな男の子で、世界で一番重要で大切な存在だ。あなたは幸せな気分で彼の肩を叩き、それがさっきまでよそよそしく感じていた男の太った肩であることに気づく。あなたの笑いが中断する。その後、あなたは彼を避けようとするだろう。ひょっとしたら彼も同じ気持ちかもしれない。というのも、あなた方はもう二度と会わないからだ。

　わたしとペーターも、それと同じことになりかねなかった。もし母が、自分の社交的な義務にばかり気を使うのではなく、わたしを心にかけてくれていたら、わたしは八年間もペーターの隣席にとどまったりせず、すぐに彼のいない学校に移っていただろう。わたしたちがもう子どもではなくなったとき、子どもの友情は何か別のものにならざるを得なかった。恋人になることはできなかった。わたしたちはむしろ、きょうだいのような親しさで結ばれていた。文学作品にはしばしば、きょうだいが恋愛する話が出てくるが、わたしは人生のなかで一度もそのようなカップルに出会ったことがない。わたしたちは（どちらも一人っ子だったが）きょうだいのように慣れ親しんでいた。とはいえ、玩具やおやつを取り合ったり、両親の愛を競い合ったりすることはなかったから、本当のきょうだいのような関係を作るには何かが足りなかった。わたしたちはどちらも冷淡な環境のなかで育ってきたので、温かさや理解、親密さなどを、互いに与え合う必要があった。つまり、どういう関係だったのだろう？　きょうだいでもなく恋人でもなく、それ以外のことはわからなかったから、友だちなんだと思っていた。単なる友だち。

　だがわたしは本当のところ、ペーターが自分自身と自分にとって大切な人々を、長年のあいだにダメにしてしまったという話をしたいのだ。原因はいまだにわからない。ときには不意に、事情がわかった気になることがある。夜中に目が覚めて、すべてが明らかに思える。ちょっとため息をついて、また眠る。ところが翌朝になると、何も思い出せないのだ。すべてがこんがらがっているので、糸を見つけて巻き戻さなければいけない。しかし、始まりを見つけることはできず、いつも結末だけが見えるのだ。これから何が起こるかが、日々明らかになっていくように思えた。もしペーターがわたし一人をダメにしたのであれば、わたしは自分に原因を求めたかもしれない。しかし、彼の周囲で起こったすべてのできごとを見るならば、彼に原因があると言わざるを得ないだろう。そして、そのことは日夜、わたしを怒らせ、傷つける。

　物語はどこで始まるのだろう？　ペーターの正義感と、彼が客観的思考と呼ぶところのものからかもしれない。十時の休憩時間に、みんなで校庭にいたときのことだ。ギムナジウム二年生のときだったと思う。トニ・ボーグナーを殴ろう、と誰かが提案した。彼がまたおやつの金を盗んだから、と言うのだ。ペーターは鼻に人差し指を当て、眉毛が一本の線になるように顔を引き締めた（それが習慣だったせいで、いまは顔に深い皺がある）。「そんなことをしても無駄だよ。トニの盗みは病気みたいなもんだ。変えられないよ」と、ペーターは言った。それを聞いて、嘲るような笑い声が起こった。わたし自身は怒りを抑えようとして赤くなった顔で、ペーターの訳のわからない発言に対して腹を立てていた。わたしたちは採決の結果、トニを殴ることに決めた。「まあ、いいさ」とペーターは退屈そうに言った。「ぼくは構わない。好きなようにしろよ、だけどほんとに馬鹿なことだよ」そして彼はわたしの手を取り、わたしを連れてその場を離れた。男の子たちはトニを殴りに行った。すぐにひどい叫び声が聞こえたが、ペーターは心を動かされないようだった。彼はわたしのために新聞の切り抜きを持ってきてくれていて、すごく重要な記事なんだと言い、読み上げてくれた。

　トニの盗み癖は、もちろん直らなかった。彼は八年生になるまで盗みを続けていて、みんなはそれをとっくに、汗足のような不快な特性としか見なさないようになっていた。ペーターの言ったとおりだったのだが、彼はもうそれを忘れているようだった。彼にとって問題だったのはトニのことではなく、そもそもの原則だったのだ。わたしにそれが理解できなかったのは、愚かさのせいか、ペーターとあまりにも違う性質のせいだった。

いまになって振り返ってみると、ペーターが同級生にはあまり好かれていなかったことにも気づく。少なくとも、わたしがそうあってほしいと願うほどには好かれていなかった。勇気があり、自分の意見を言うのをためらわなかったので、尊敬はされていた。いまでは、あれは勇気ではなく、真実以外のことを言えない性格だったからだとわかる。自分の意見を通すために戦わなければいけない、などということを、彼はけっして思いつかなかったが、それがわたしの悩みでもあった。たった一人でも彼を支持する人間がいるかどうかなど、ペーターはまったく気にしないようだった。もし少しでも無鉄砲なところがあれば、クラスのヒーローになっていたかもしれない。しかしペーターは無鉄砲な人間ではなかったし、半人前の男たちから崇められることほど、彼にとって鬱陶しいこともなかっただろう。彼は、嫌だと思わない限りにおいて、同級生たちの企てにも参加していた。そして、ある程度平穏な状態で読書したり考えたりできる以上のことは望んでいなかった。

　ペーターは、教師にはほとんど不人気だった。教師たちは、批判的で簡単に同調しない子どもを、自分の権威を脅かす存在と感じるものだ。ペーターはその気さえあれば、かなり面白い冗談を言うことができた。彼にとって、教師たちを順番に笑い者にしてしまうのは、簡単なことだったろう。そうすればクラス中から喝采を浴びたはずだ。わたしにとっては、望ましいことだった。どんな女性だって、自分の愛する男性が栄誉に浴すれば嬉しいはずだ。当時のわたしは、ペーターを愛していた。そこには怒りっぽくてプライドが高い母親のような愛情と、本当によい結婚をしている夫婦の場合に稀に見出せるような、自分より崇高な存在への深い敬意が混じっていた。事実、ペーターはわたしにとって、より崇高な存在だった。彼はわたしを純粋さのオーラで包むように思えた。嘘はつかないし、意地悪なところもなく、矛盾に満ちたあの年代の子どもたちのほとんどが持っているような、悪意も汚さも残酷さも持たなかった。しかもそれは、努力の結果というわけではなかった。彼は悪い人間でいることができないゆえに、善良だったのだ。ついでに言えば彼はとっくに、「よい」とか「悪い」という言葉を必要としない境地に達してしまった。でも、その話はまだ早すぎるだろう。あの当時のわたしは、「よい」「悪い」という言葉をまだ無邪気に使っていたのだ。

　最近、わたしたちのことについてたくさん考えるようになってから、当時のわたしはペーターにとって大変な厄介者でしかなかった、ということが明らかになった。どうして彼が我慢してわたしをそばにおいていてくれたのか、わからない。彼の言葉をわたしが全然理解していないことに気づいたはずなのに。それにわたしは彼を、彼自身が全然望まないような理由で愛したり尊敬したりしていたのだ。学校時代、わたしは一度もペーターの言うことを理解できていなかった。いまではときどき理解できるけれど、それは長年にわたる、口にできないほどの努力の結果であり、しかも頭で理解するだけなのだ。彼はとても孤独だったに違いない、と思う。わたしよりマシな人間がいなかったので、仕方なく受け入れたのだ。ひょっとしたら、ときにはわたしを見ていて楽しいこともあったのかもしれない。習慣というものも、軽視すべきではない。いまになって判断できる限りでは、そんな事情だったに違いない。それとも、まったく違っているだろうか？　アウトサイダーとしての彼にとってはもしかしたら、自分の手の上に置かれた温かくて子どもらしい手や、わたしの目に表れた賞賛や信頼の気持ちの方が、理解されることよりも重要だったのかもしれない。

　二度か三度、教師たちと揉めたことがあった。ペーターが、彼らの言動の間違いを指摘したからだ。しかし、告発する際にも礼儀正しい口調を崩さなかったし、教師が興奮してもペーターは常に落ち着いていて、客観的だった。それに校長先生の前でも毎回自分の主張の正しさを証明できたので、当該の教師たちはなすすべがなかった。だが奇妙なことに、こうした事件が彼をクラスの英雄にすることはなかった。まるで、教師と生徒が沈黙のうちに同意して、ペーターという不穏な存在を黙殺することに決めたかのようだった。子どもは正義にとても大きな価値を見出すという主張が常にあるが、わたしは信じない。子どもたちはどうしても正義がほしい訳ではなく、ただ、行動が起こされることを望んでいるのだ。基本的には賞賛も非難も、彼らのなかに同じ満足の気持ちを呼び起こすのだ。ペーターはそんな彼らとはあまりにも違っており、まさに異分子で、不気味な存在だった。わたしから見ても、彼は不気味だった。

ときおり、彼をほっぽり出してクラスのみんなと一緒に立ち去ってしまいたい、という誘惑に駆られることがあった。しかし、彼はその当時すでにわたしにとってあまりにも重要になっていた。彼を諦めることは、自分を諦めるのに等しかった。

ところがペーターは、こうしたことにまったく気づかないようだった。もっと上の学年になったとき、何人かの女子が彼に媚び始めたことさえ、気づいていなかった。当時、こうした女子たちの目を通して、わたしもようやくペーターが非常にハンサムであることに気づいた。しかし、この発見はわたしには無意味だった。ペーターはペーターであり、どんな外見であろうと関係なかった。ただ、これほどモテている若い男性と友人であることは、わたしの虚栄心をくすぐった。ペーターは女子のことも外見のことも考えず、以前と同じく熱心に本を読んでいた。これは本当のことだが、わたしが持っている知識はすべて彼から得たものだ。ときには、こんなこと知らなくてもよかったのに、と思うこともある。でもわたしは記憶力があり過ぎて、ペーターにとって物覚えのいい生徒だったのだ。

戦争に隔てられ、わたしたちは何年も会わずに過ごした。ペーターがいない最初の年には、自分が歩き方を覚えなければいけない子どもになったような気がした。その後、ようやくわたしは自立した。あまりにも大きな重荷から解放されて、ときどきホッとした気分になったことを覚えている。戦争の最後の年に、わたしはとてもすばらしい男性と結婚した。ただ、結婚して数週間のあいだにもう、ペーターのまなざしで彼を査定し始めるという不実を犯した。わたしの夫は心が温かく、実行力もあり、明るく楽しい人だった。普通の女性であれば、誰でも彼と一緒にいて幸せになれただろう。

二、三年が過ぎたとき、ペーターがまた街に現れた。痩せてガリガリになっていたが、以前よりも屈託がなく、くつろいだ雰囲気だった。彼は外国で学業を終え、ギムナジウム一年生のときにわたしが示した学者への道を、最善の状態で歩んでいるところだった。彼は若くてちょっと子どもっぽい印象の女性と婚約していた。可愛らしくて、男性が夢中になるタイプの人だ。名前はガビといい、少し軽率なところがあった。それほど賢くないのか、たいした教育を受けていなかったのかもしれないが、ペーターは気にしていないようだった。もし彼の結婚がうまくいっていれば、わたしにとっても人生のチャンスだったのかもしれない。わたしはまだ若かったし、順応性があった。ペーターが幸福でさえあれば、わたしは彼に構う必要はなかったし、最初の瞬間からペーターが嫌でたまらなかったわたしの夫も（ペーターは逆に、夫のことを非常に高く評価してくれたが）、しょっちゅうペーターのことで腹を立てずにすんだはずだ。

最初、ペーターは妻に気を遣い過ぎだと思った。彼はあまりにも妻を甘やかしていて、まるで発達の遅れたチャーミングな子どもに対するような態度で接していた。年とともに、彼女はだんだん金遣いの荒い、気まぐれで品のない人間になっていったが、どうしてそんなことになり得たのか、わたしにはわからない。彼女は大騒ぎを起こしたり、借金を作ったりして、平気な顔で彼を裏切った。ペーターは当初、結婚生活については頑固に沈黙を守り続けた。後に、もう隠しようがなくなってくると、妻を弁護した。「彼女はもともと、あんなふうなんだ。だからって責任を負わせるわけにはいかないよ」と、彼は言った。わたしは彼が結婚したチャーミングな子どものことを思い、不意に怒りを感じた。彼は彼女を、ペットの小動物のように扱っていた。しかしいま、彼女はもはやチャーミングでもなければ、小動物でもない。ただの大酒飲みで、子どもの世話もろくにしなかったし、子どもの父親はペーターではないという噂さえあった。それなのにペーターがそこに座って妻の弁護をしている様子を見ると、わたしの顔には血が上ってくるのだった。

　わたしはペーターに、あれもこれも言ってやりたいと思ったが、突然、彼が女の子たちに騒がれていた当時とはもう様子が違うことに気づいた。彼の顔は、不毛な悲しみのために台無しになっていた。多くの打撃を受けた顔だった。それなのにわたしまでが彼を殴ることはできない。

　ついでに言えば、わたしの方も家庭がうまくいかなくなっていた。そんなわたしに、よその家のことを責めるなんて、できなかった。自分にとっては少し思いがけないことだったが、結婚が破綻したのだ。ここ数か月、夫のことに気を配っていなかったので、そこまで状況が悪くなっていることに気づかなかった。どんなふうにそれが明らかになったか、わたしはよく覚えている。夫は窓辺に立って雨に濡れた道路を見下ろしながら、穏やかに言ったのだ。「離婚したいんだ。ぼくが知る限り、きみはそれを邪魔するような人間じゃないよね。いまのままのぼくを愛してくれる女性に出会ったんだ。それがどんなにすばらしいことか、すっかり忘れていたよ。だってきみは、ぼくを本当に必要としたことがなかったからね。そうじゃないかい？」

　彼が勢いよく振り向いたので、わたしは縮み上がった。彼は、わたしが彼に恋をした当時と同じく、若くて愛すべき人間に見えた。よその女性から求められた結果、彼の魅力がまた復活していたのだ。いつでも離婚に応じる用意がある、とわたしは彼に伝えた。そして、おめでとう、と言った。そう言いながら、自分のこの態度は間違っている、とわかっていた。わたしたちだって、幸せになろうと思えばなれたはずなのだ。わたしが自分の目で彼を見ていたあいだは、実際うまくいっていたのだった。わたしは夫から二メートルと離れずに立っていて、自分の人生から、もう二度と見つけられない何物かが彼と一緒に消えてしまうのだ、と考えていた。難しくて見つけられない、というのではなく、こうした単純な幸福を受け入れる能力を、わたしが失ってしまったからだった。わたしはその点では、すっかりダメになってしまったのだ。わたしは一歩、夫に歩み寄って頬にキスした。とても触れ心地のよい頬だったが、もう別の女性のものだった。

離婚後、わたしにはペーターの世話を焼く時間がたくさんできた。ようやく好きなだけ彼と会えるようになったし、すぐに、毎日会わないではいられなくなった。

ペーターの状態はとても悪かった。包囲されたような気分で、どっちの方向に向いても計画が立てられない、と彼は言った。腹立たしいことがたくさんあるんだ、と。たとえば、彼の一番近くにいる同僚が病的な嘘つきであることは、前からわかっていた。いま、ペーターは危険な中傷が自分に対して行われている痕跡に気づいた。しかし、それを告訴する決心がつかないのだった。同情からじゃない、と彼は言った。病人を告訴することなんてできないからだ。それに、法廷は同僚の病気に対しては何の配慮もしないだろう。信じ難いことに、ペーターはこの中傷の件をうまく処理できないようだった。「癇癪が起こりそうになるほど日々ぼくらを立腹させる人々は、あまりにも近いところでくっつき合っているからこんなに性悪になってしまうんだ」、とペーターは言った。「一人一人に農場を与えて、隣人には年に三回しか会わないようにしてやればいいんだ。そうすれば彼らはみな、もてなし好きの、気持ちいい人間になるさ」たしかにそうかもしれないが、わたしには彼らに農場を与えることなんてできない。だから、引き続き彼らに腹を立て続けなければならないのだ。ペーターの言葉は、なんの慰めにもならなかった。しかし具合の悪いことに、わたしはいまやペーターの思考を通じて考えているので、自分自身の行動の真意が一瞬わからなくなってしまうこともあった。どうして一人の人間がこんなに愚かで感情的な行動をとるのだろう。それを見るのは辛いことだった。そう思った次の瞬間に、わたしは我に返り、こちらに横着な流し目を送ってくる市電の車掌の向こうずねを蹴ってやりたい気持ちに襲われた。どこか、少しでも落ち着ける場所があったらいいのに、とわたしは思った。

ひょっとしたらペーターが学者になるよう仕向けるべきではなかったのかもしれない。いま彼は生物学者になっており、それがよくないのだとわたしは思った。海草、キャベツ、犬、わたし。ペーターから見れば、これらの生物のあいだに違いはないのだった。彼が言うことはすべて真実であり、わたしも海草やキャベツや犬に対して思い上がるつもりはない。特に、犬に対しては。しかし、それならそれで自分が何なのか、知りたいと思った。もしかしたら、わたしは存在していなかったのかもしれない。

そこまで考えるようになったとき、ペーターを避けたいと思う日々があった。もう二十五年も知っているペーターを。気の毒な、年とったペーター。もちろん彼は気の毒だった。わたしよりもそれをよく知っている人間はいなかった。しかし、彼が自分のごまかしのきかない正義感を発揮して見せた人々は、もっとかわいそうだった。その人々は、憎まれたり愛されたり、殴られたり撫でられたりする以外のことは望んでおらず、公正に扱ってほしいとか理解してほしいなどとは願っていなかった。理解されることほど具合の悪いことはなかった。それがペーターに理解されているわたしの実感だった。この世界には、わたしが隠れられるようなネズミの穴さえなかった。

　ある日、彼の妻が来て、ちょっと酔っ払った様子でわたしの家のキッチンに座った。コーヒーを出してやったが、彼女は飲まなかった。彼女はひどい服装で、哀れをもよおすほどだった。どうやら何か頼みたいことがあったらしいのだが、それが何だったのか思い出せなかったようで、結局思いつかないまま、しばらく経つと立ち去っていった。三日後、彼女は睡眠薬を飲んだ。誰もが、彼女のすさんだ様子と、ペーターがどんなに彼女に尽くしてやったかを知っていた。しばらくのあいだ、人々はしつこいほどペーターに親切にし、彼はたくさんの家に招待された。しかし、ペーターは招待に応じなかったし、感謝の意も示さなかったので、人々はすぐに彼に対する関心を失っていった。

　次第に、ペーターにとってよりよい時期がやってきた。平和な手段で病的な嘘つきから離れることができて、自分の仕事に打ち込んだ。もう何年も実験を続けている重要な研究が、ついに成功を収めたのだった。彼の義理の両親が、小さい娘を引き取ってくれた。ペーターは住居の掃除をしてくれる女性を見つけた。その掃除婦はちょこちょこ盗みを働くんだ、と彼はわたしに語った。手癖の悪い人間を雇っていることが、彼をおもしろがらせた。その女性は良心が咎めるので、真面目な掃除婦以上にしっかり働くという話だった。

　半年後、その掃除婦は激しい口論の末に去っていった。ペーターはそのことで、非常に驚いていた。「考えてもごらんよ、彼女はまるで蜂に刺されたみたいに、突然叫びだしたんだ」と、彼は言った。「『お金や待遇のよさなんて、どうでもいい。人間は誰でも、きちんと話しかけてもらいたいものよ。あなたの奥さんが自殺したのも無理ないわ。こんな状態、誰にも耐えられない』そう叫ぶ彼女は、学校で野蛮な話をしていたときのきみみたいだったよ」彼はそう言ってしばらくしてから考え深げに、「彼女はぼくを本当に憎んでいたみたいだ。わかる？」今回、わたしは沈黙しなかった。叫びもしなかった。そうするにはあまりに長いこと、彼の生徒であり、被造物だったのだ。わたしは静かに、その女性は、彼が彼女の権利を奪ったから憎んでいたのだ、と言った。彼女は欠点の多い人間として叱責を受け、罰せられることを望んでいて、涙を流しながら許しを請いたかったのだ。

　ペーターは穏やかに、わたしの言葉を受けとめた。「ということはつまり、ガビも同じことを望んでいたってこと？」「そうよ、そう思う」と、わたしは言った。すると突然、彼の様子が変わった。顔が灰色になり、混乱した様子だった。ペーターが人を愛するなんて想像できないけれど、それでも彼はガビを愛していたんだな、とわたしは悟った。「そうしたら、きみも。きみもそうなのか？」彼は尋ねた。わたしはうなずいた。ペーターはそれを聞いて腹を立てたようだった。「だけどきみは、そんなこと愚かな時間の浪費に過ぎないって、わかってるだろ？　品がないし、滑稽なことだよ」それはわかっている、とわたしは認めた。「人間にはどこかおかしなところがあるものよ。ひょっとしたら人間はみんな狂っていて、あなただけがまともなのかも」ペーターはしばらくのあいだ黙っていたが、それから言った、「そんなことは不可能だよ。きみが言う通りだとしたら、もちろんぼくの方が狂っていて、きみを通して何がまともなのかを教えてもらってるのさ」それから、とても重要なことを思いついたように、「もしぼくが、二度とぼくに会わないような遠いところに行ってくれと頼んだら？」と、尋ねてきた。わたしは少し笑わずにいられなかった。もうそれには遅すぎるということを、彼も知っているはずだ。わたしは初めて、彼が普通の人間のように絶望して、頼りなく座っているのを目撃した。そして、思わず彼が座っている机に歩み寄り、彼の目の上に手を置いた。怒りと、同情と、愛を感じていた。そう、愛も。一般に広く知られているタイプの愛ではないとしても。手のひらに彼の唇を感じた。そして、もしきょう彼と知り合ったのだとしたら、彼を助けられるかもしれないのに、という思いが頭をよぎった。以前なら、わたしのなかにはたくさんの力と陽気さがあった。しかし、いまではもうペーターを知ってから二十五年にもなるため、力も陽気さもとっくに失ってしまった。もう彼を助けられない。そうでなくても、おそらくすべては思い込みに過ぎず、誰も相手を助けることなどできないのだ。特に、その相手がペーターの場合は。

　わたしたちはこの会話を交わした実験室を出て、わたしの家に行った。それ以来、わたしはペーターの愛人になっている。でも、この愛人という言葉はわたしには合わない。少なくともわたしは、愛人が通常感じるようには感じていない。わたしは小さな鉄道車両のようなものだ。二十五年間、見知らぬ奇妙な風景のなかで、曲がりくねった道を走り続けてきて、いまになってようやく、自分がただレールの上を走っていただけで、前もって決められた以外の道を知ることはけっしてないのだと悟るのだ。もしこの小さな車両がレールから外されたとしても、元々定められていたわけではない見知らぬ奇妙な風景以外には、馴染むことができないだろう。

　ところでペーターはわたしにたいして愛情深く、フェアな態度をとっている。わたしのあらゆる感情を熟知しているけれど、やさしい気持ちでそれを隠そうとしている。でも、何もわたしの前で隠すことなどできない。まるで愛し合っているような振りをしているけれど、わたしたちは他に選択肢がないことを知っている。全世界のなかで、ペーターにはわたししか、そしてわたしにはペーターしかいないのだ。わたしたちは穏やかな生活を送っている。夜、しばしば眠れないことがあるのだけれど、そんなときには互いに手をつないで天井を見上げる。そして、ときには週刊新聞の記事をペーターのために朗読するのだ。嫉妬のために起こった悲劇とか、激しい情熱や殺人、撲殺事件など。学校に行っていたころにわたしが創ったお話を聞いて朗らかになったように、彼は少しのあいだ、朗らかになる。

しばらくのあいだ、ペーターはガビが生んだ子どもを引き取りたがっていた。わたしは、うまく説得してそれを断念させることができた。将来はその娘ができるだけペーターから遠いところで、まったく平凡な人々に囲まれて成長するように取り計らうつもりだ。ときおり、ガビが酔っ払ってキッチンに現れたあのとき、そのことについてわたしと話したかったのではないか、と想像してしまう。

# 人喰い

彼女は十五歳か、もしかすると十四歳、あるいはまだ十二歳だったかもしれない。今日では、女の子がほんとうは何歳かなんて、けっしてわからないのだ。彼は列車のコンパートメント［六人掛けの車室］のなかで、彼女と向かい合った席に座っていて、かれこれ二十分くらい彼女を観察していた。ほんとうは列車のなかで新聞を読むつもりだった。それもじっくり、味わいながら。読むのが遅いので、いつもはじっくり読むなんてことはできないのだ。ところが彼は、向かいの席の女の子に注意を奪われてしまい、あと一時間か二時間、この喜ばしい眺めを楽しみたいと思っていた。そしていま、だんだん落ち着かなくなってきたのだ。

彼らはコンパートメントで二人きりだった。この季節にしては暖かすぎる日だった。景色は黄金色と灰青色に包まれ、もう一週間も雨が降っていなかったのに、あらゆるものの上にしっとりした輝きがあった。

今朝は目が覚めたときから頭痛がしていた。ちょうど左目の奥あたりで、抉るような痛みだった。彼はその痛みを、コーヒーと薬で抑えようとした。午前中、まだ目の奥がうずくような感覚があったが、痛みはなかった。ほんとうなら激しい頭痛がしているはずなのに、薬で局部麻酔がかかっているだけだ、と彼にはわかっていた。昼食後、もう一度薬を飲んだ。それ以降は頭がすっきりと軽くなり、まるで綿でできているかのようで、いまにも肩から離れて天井に浮かんでいきそうだった。彼は自分がそんな想像をしたことにとまどったが、そんなに頭が軽いのはフェーン現象と薬のせいに違いなかった。通常なら、彼は普通のこと以外はあまり考えなかった。つまり、一般の人が普通に考えるだろうと思われること以外は、という意味である。

そういうわけで、二十分前から彼は向かい合った隅の席の女の子を観察していた。「おちびさん」と彼は心のなかで女の子を名づけた。彼女はほんとうに小柄で、彼の考えでは、今日いたるところで目にする少女たちとは、いい意味で大きく隔たっていた。彼の娘でさえ、十四歳のときには彼と同じくらいの身長になっていた。彼は中くらいの身長だったが、娘が父親と同じというのはすでに大きすぎだった。おまけに身長はまだまだ伸びそうだったのだ。娘についての考えが心を乱すように思えて、彼はその考えを追い払い、おちびさんの方に向いた。彼女は、彼が若いころ、つまり三十年前の、可愛い小娘のイメージそのままだった。とても女らしい体つきで、細い撫で肩、小さくて丸い乳房、そしていまからもう、ヒップがかすかに盛り上がっていた。今日の流行からいえばプロポーションがよくないということになるのだろうか。上半身が細すぎて、ヒップは幅広く、足は短い。しかし彼女にはうっとりするような魅力があり、若い巨人のように辺りをどしどしと歩き回る平らでのっぽの人々とは違う、爽やかな存在だった。手足も非常に小さくて優美だった。若い女性を見る際に、彼女のなかにも骸骨がいるという事実に脅かされずにすむのは、心地よいことだった。

後ろめたさもあった。半人前の子どもを男の目で眺めるのは、品のいいことではないだろう。でも一方では、この領域には品がどうこうという問題はない、とも思った。自分はおちびさんを傷つけるようなことは、何もしていないのだ。彼はただこっそりと彼女を見つめているだけで、それも彼女がこっちを見ていないときだけなのだ。もっとも彼女はめったに彼の方を見なかったし、もし見たとしても、まるで彼がちょっと変わったスーツケースか傘立てでもあるかのような見方だった。そのことは少しだけ彼の自尊心を傷つけたが、他方では、彼女と会話する気はこれっぽっちもなかったので、相手の無関心さにほっとした。

女の子が車中でしていたのは、自分のバラ色の爪を露骨にうっとりと眺めることくらいだった。その合間に、列車の窓に映った自分の姿に目をやっては、魅了されたようにほほえみかけていた。その様子はとても奇妙であると同時に、いささか感動的でもあったが、彼は心のなかで、自分の娘がこれほどのナルシシズムを示したら腹が立つだろうな、と思っていた。しかしすぐにその考えを押しのけ、おちびさんがサンダルから見える爪先をあちこちに動かしては最終的に満足する様子を、どきどきしながら眺めていた。

彼女は自分の隣の座席に、一冊の本を置いていた。『中学校下級生のための自然史』というタイトルだったから、彼女はやはり、せいぜい十四歳なのだろう。一度、彼女はとてもうっとうしいことを思い出したかのように額に皺を寄せると、その本を手に取ってページをめくり始めた。すると、たちまち恐ろしい疲労に襲われたようで、また本を座席に置くと、隠しもせずに魅力的なあくびをした。

彼の娘も学校でこの本を使っていた。すぐに娘のことを思い出してしまうのが、前よりもちょっと腹立たしくなってきた。自分の娘とおちびさんとのあいだには、そもそも何の関係もない。それに、自分の娘をこんなにじろじろ見るなんてことは、どんな男だって思いつかないだろう。それとも？　この状況の何かが少し苦痛だった。そして彼は自分でも驚いたことに、自分がおちびさんだけではなく自分自身をも観察しているのに気づいた。不快なことに、彼は自分自身をかなり嫌な奴だと思った。これはフェーン現象のせいだ、と彼は自分に言い聞かせた。たくさん薬を飲んだせいかもしれないが、とりわけフェーンのせいだ。彼は先週、新聞でフェーン現象についての記事を読み、いまではフェーンの専門家であるかのように感じていた。

しまいには彼はようやく、落ち着いてスポーツニュースを読みたいという気分になり、この小さな女性にかまうのはやめようと思った。そもそも何が起こったというのだろう？　自分はこんなお転婆娘に心を乱されるほど年寄りではないのだ。もっとも、自分は心を乱されたわけではなく、ごく自然に、美しい生き物に魅了されていたのだ。あくまでプラトニックな心の動きだ。そして彼はまたもや、新聞の端から彼女の顔を眺めた。自分が完璧であることをまるで知らないような、その顔を。それは単に、魅力はあるが表面的で、それほど賢そうでもない子どもの顔に過ぎなかったが、健康で輝いていた。虹彩の周りの白目はまだ青みがかっており、睫毛は子どもっぽく、長くて密だった。低い額に向かって巻いている髪の毛は、輝くような柔らかい子どもの髪だった。彼女はほんとうに、まだとても若いと言って間違いない。彼女の肌も、非の打ち所がなく健康的だった。

それから、ずっと抑えることのできなかった不快感が強まってきて、これまでなかったような空虚な気持ちと空腹感に変わっていった。ちょっと気分が悪くなって、彼はハンカチで顔を拭いた。ありがたいことにおちびさんは何も気づかず、窓に映った自分の姿を夢中で眺めてほほえんでいる。

心臓が不相応に高鳴り、彼はひどく不安になった。それから、自分の状態を見きわめようとした。この子どもに対して性的欲求を感じてないことは確かだった。むしろもっとずっと深い感情であり、危険なものだった。彼は自覚した。その少女を食べてしまいたい、飲み込んでしまいたい、彼女の若さで自分の内部の空虚な洞穴を満たしたい、という狂気に満ちた欲望が彼を苦しめていたのだ。それは気違いじみた考えだった。一人の人間がそんなことを考えるなんて。似たような考えは、本でしか読んだことがなかった。これは、理解しがたい犯罪を実行する際に、呪われるべき犯罪者たちの頭に浮かんだ考えに違いない。いまや、彼はすべてを理解した。心臓の鼓動が一回鳴るあいだだけ、彼は犯罪者の兄弟だった。それから彼はその小さな女の子を憎んだ。彼女がそんな考えを誘発したからだ。そして、彼女とどんなことをしたってこの恐ろしい空腹感を満たし得ないと考え、少女を憎んだ。

　列車はある駅に到着して停車し、四人の旅行客がコンパートメントに乗り込んできた。彼はもはや少女と二人きりではないのを喜び、何か別のことを考えるために、乗り込んできた人々を眺めようと自分に強いた。しかしすぐに、彼らは眺める価値のない人々であることがわかってしまった。鼈甲《べっこう》縁の眼鏡をかけた醜い赤毛の人は出っ歯で、おそらくインテリなのだろうが、ぞっとするほど親指の爪をかじっていた。民族衣装を着た田舎っぽい風采の男は、腹の上に懐中時計の鎖を垂らしていた。骨っぽい中年の女性は、高価なアクセサリーをつけ、顔にはたくさんのそばかすがあった。それから非常に若いハンサムな男がいたが、その人は彼の方を一瞥もしなかった。その男はドアの横の隅の席にだらしなく腰を下ろし、車室の半分くらいまで脚を伸ばして、ヨットについての本に熱中していた。ひと言で言えば、若くて思い込みの強い無作法者だ。

いずれにしても、この中断は彼を落ち着かせ、ついにスポーツニュースが読めるのではないかと期待させた。しかし、今回もそうはならなかった。彼の両手がひどく震えたからだ。フェーンのときにはよく起こる症状だった。おまけに、昼食時にコーヒーを飲み過ぎたようだ。

彼は突然、コンパートメントのなかが静かなのに気づいた。不自然な静けさだった。誰も話をしないにしても、列車のコンパートメントであればいろいろと別の雑音が聞こえてくるはずだ。摩擦音、回転音、ガサガサ、シュッシュという音や、鼻をかむ音など。針が落ちる音も聞こえそうなほど静かだ、と彼は考え、自分はどこかで聞いたり読んだりした文章だけで思考しているな、と束の間考えた。新聞の端からこっそり隣の席の痩せた女性を盗み見たが、ぎょっとしたことに、彼女は無我夢中でおちびさんの膝の上を見つめているのだった。

脇にえくぼのような小さなへこみのある、見ごたえのある膝ではあったが、女性のまなざしが彼には気に入らなかった。そこには嫉妬があり、感嘆の思いと願望があった。ついに彼は、この女性も自分の内部に空虚というべき恐ろしい空腹感を抱えていて、指の関節が白く浮き出るほど両手でハンドバッグの口金を握りしめずにはいられないのだ、ということを理解した。彼女の目の表情は、彼の額に予期せぬ熱を生じさせた。自分もついさっきまでこんな顔をしていたに違いない、という思いが芽生えたからだ。彼は新聞紙の背後に身を屈め、向かいの席を観察できるように、用心深く爪で紙に小さな窓を開けた。

おちびさんは季節外れの暖かさに疲れたのか、バラ色の上顎と白い歯を見せながらあくびをした。それは子猫のあくびに似ていて、彼の胸にまた小さな一突きを与えた。それから彼女は細い肩を伸ばし、一本の腕を斜めに太腿の上に置いて、おもしろそうに肘の内側の柔らかい皮膚を眺めながら、指の先でそっとその上をこすった。彼女の顔には、うっとりとしたほほえみが広がった。

彼は苦労して視線を彼女から逸らしたが、コンパートメント中の人々が息を詰めているのに気づいた。それから骨張った女性が苦しそうなため息をついたが、彼はその女性の額に汗の粒が浮かんでいるのを見た。女性はいままではとても青ざめていて、そばかすは顔に飛び散った汚れのように見えた。気の毒な、斑模様のハイエナだ。まるで跳躍の準備のために屈んだときのように、唇を高く引き結んでいる様子ときたら。

いまでは全員が、遠慮なく少女を見つめていた。ただドアの横の、ヨットについての本を読みふけっている若者だけは違っていた。彼はときおり、向かいに座っている人の向こうずねを足先で蹴ってしまっていたが、それに気づかず、もしくは気づきたくないだけかもしれないが、とにかく謝ろうとしなかった。彼は一つの泡のなかに、世界で唯一目指す価値のある素晴らしいヨットの世界に、閉じこもっているようだった。

おちびさんは相変わらず夢中になって、肘の内側の皮膚を撫でていた。それから急に、左の膝が彼女の注意を引いた。おちびさんは輝く眉毛のあいだにかすかな皺を寄せながら、試すように自分の膝を眺めていた。それからあらためて自分の手の爪を調べ、最後にはかなりの真剣さで柔らかい線のあるバラ色の手のひらを研究し始めた。

彼は自分の周囲を、今度は堂々と見回してみた。彼に注意を払う人間は一人もおらず、件《くだん》の女性と、見たところインテリの人と、時計の鎖を垂らした男はみな、飼育員が檻のなかに押し込んだ肉の塊を見る猛獣のように、女の子を見つめていた。時計鎖の男は絶えず下唇を舐めていたので白痴のように見え、インテリ男は口の端に白い泡を作っていた。そしてあの女性は汗をかき、とても青ざめて斑模様になっていた。

彼は自分を恥じ、みじめで打ちひしがれた気分になった。でも彼は、恥じなければいけないようなことはほんとうに何もしていなかったのだ。そもそも、何が起きたというのだろう？まったく何も。誰一人おちびさんに話しかけていないし、触ってもいなかった。にもかかわらず、彼はきわめてみじめな気持ちだった。この話がどう進んでいくか、わかっていたからだ。いつの日か一匹の猛獣が襲いかかり、舌鼓を打ちながらおいしそうな肉塊を飲み込むだろう。その後、その動物は愚かしく驚きながら、空腹が収まっていないことに気づくだろう。空腹は胃を締めつけるようで、苦しく癒やしがたい。彼はいま、何らかの対処をしなければならなかった。

彼は大きく、脅すような咳払いをした。それは爆弾のような効果をもたらした。一瞬、全員が硬直したようだった。あの女性は叫び声を抑えるかのように片手を口に当て、パッと立ち上がると、理解できない言葉を口にしながら窓をもっと広く開けた。時計鎖の男はよっこらしょと立ち上がると、若者の足につまずきながら通路に出て行き、コンパートメントの外でタバコに火をつけた。インテリの男は、これほど暑いフェーンが来る十月は初めてだ、と女性に向かって言い、スーツケースから雑誌を取り出した。

時計鎖の男が自分の足につまずいたときに、きょとんとして空虚なまなざしを上に向けた若い男は、またもや両足を伸ばしてヨットの世界に戻っていった。その若者と少女だけが、その晩何が起こったか気づいていなかった。おちびさんはいまだに手のひらを眺め、謎めいた線のある柔らかい窪みにうっとりしている。それからこの旅行で三度目のあくびをし、隅っこに掛けてあるダスターコートに頭を凭せかけると、たちまち眠ってしまった。無邪気な子どもらしい横顔を他の客たちに向けて、眠りながら突然ほほえんだが、斑のハイエナや他のすべての猛獣からはとても遠い、手の届かないところにいた。

彼はようやくスポーツニュースを読むことができたが、普段ほど楽しくはなかった。おまけにいまでは左目の奥のあの抉るような感じがまた始まった。それがすぐに痛みに変わるだろう、と彼にはわかっていた。湿って青みがかった外の景色を見つめながら、自分が家のベッドで心地よい静寂と暗闇のなかに横たわり、きょうみたいな日々を忘れてしまえたらいいのに、と願った。

# 3

# 戦争の影

# クワガタムシ

戦時中のことだ。友人のＬが病気で空軍の野戦病院にいるという噂を聞き、見舞いにいくことにした。

わたしはまず、タバコ屋のドゥッラーさんのところに行って、統制品のなかから紙巻き煙草用の巻紙を一箱と、なかに詰める煙草の葉をこっそり売ってくれるように、お願いしてみた。そうやって自分の希望を伝えると、彼は青ざめた。そして、店のなかに入るように促した。お客が来ては去っていくたびに、彼はわたしの方に向き直り、熱心に、もう巻紙はないのだ、ほんとうに一枚も、と言った。おまけに煙草ときたら、売ってくれと言われても悲しくほほえむことしかできない。だって煙草のパッケージがどんなふうだったかさえ、もう思い出せないのだ。この一年、彼自身は道で売られているオーストリア産の「チック」という紙巻き煙草しか吸っていない。売り物をすべて、お客さんに残しておくために。

わたしは頑なに、粘り強く沈黙していた。

その後三十分間——それが初めてというわけではなかったが——わたしは彼の家族を襲った不幸な打撃の数々について聞くことになった。彼はどうやら正真正銘、災難続きの家庭の一員のようだった。つい四週間前には彼の末娘が、未婚のまま双子を産んだらしい。いったい誰が養うんだろう？　ちっぽけなタバコ屋を経営している彼以外に、養える人間はいない。だが彼はすでに、離婚した従妹と三人の子ども、大叔父のエディ、最初の結婚で生まれたちょっと頭の弱いペペールを扶養家族として抱えているのだ。世界中が結託して、小さくて貧しいドゥツラー氏に物乞いの杖を持たせようとしているみたいだ。

「おまけにあんたのおかげで、俺は刑務所行きだ。そしたら、うちの家族はどうなる？」と、ドゥツラー氏は自分の嘆きを締めくくった。

彼は非難たっぷりの様子で、わたしを見つめていた。

「あなたほど辛い目に遭っている人にとっては、静かにどこかに座っていられるというのは幸せなんじゃないですか？　たとえそれが刑務所であっても」と、わたしは彼に言ってみた。「刑務所に入ってしまえば、家族もきっと、あなたのこれまでの行いの尊さに気づいて評価するでしょう。なぜって、あなたのように気高くて自分を犠牲にしている人間は、ウィーン中探しても一人もいないんですから」

これを聞いて彼が軟化したのがわかった。わたしに背を向けながら、怒ったように何かつぶやいている。彼は譲歩するだろう――いつも譲歩する直前に、つぶやき始めるのだ。

彼は実際に、板で囲んだ仕切りの奥で、箱のなかをかき回し始めた。そして、希望したとおりのものを、嫌々ながらわたしの膝の上に置いてくれた。

「ほら」と彼は言った。「俺はお人好しのバカ者だからな」

わたしは大げさに感謝の言葉を述べ、これでもう当分のあいだお邪魔はしませんから、と伝えた。

「それ以上に嬉しいことはないね」彼はため息をついて言うと、まるでドゥツラー一族の家宝が持ち去られるかのように、わたしの書類鞄をじっと眺めた。

分捕った宝物と、ワスレナグサの花束を抱えて――それは五月の終わりごろで、すばらしい初夏の日だった――わたしは野戦病院に向かった。トルコ要塞公園には花が咲き乱れていた。茂みから漂ってくるむせ返るような甘い香りが、わたしを大胆にし、冒険心を起こさせた。

よく知っている道を目的地に向かって歩いているとき、人生における注目すべき出会いの一つがあった。道の真ん中を、ちょうどわたしに向かって、巨大なクワガタムシが歩いてきたのだ。わたしはそれをじっと眺め、両目をこすってからまた見た。間違いない。それは本物のクワガタムシで、かなりの速さで前に進んでいた。

生きたクワガタムシを間近で見たのは、それが初めてだった。それまではクワガタムシなんて、自然史についての古い本にしか存在しないと思っていたのだ。わたしは煙草の巻紙をおやつ用の袋に入れ、クワガタムシの下半身をつかんだ――この虫の身体能力についてはよく知らなかったので、不安で胸がドキドキしたことを告白しなければならない――それから、巻紙の箱に何本かのワスレナグサをクッションとして入れ、そのなかにクワガタムシを置いた。友だちにこれを見せたいと熱望し、野戦病院までの最後の道のりはほとんど走っていた。

門のところにいた守衛は、三時になったらまた来るように、とわたしに言った。いまは面会時間ではない、とのこと。守衛の鈍感そうな顔を見て、この人にはあれこれ言っても無駄だ、とわたしは気がついた。そして、勤務中の下士官のところへ連れていってほしい、と要求した。このような要求を、守衛は拒むことができないのだ。

少なくとも建物には入れたし、すぐに立ち去る気はなかった。勤務中の年配の軍曹はオフィスに一人きりではなく、二人の若い下士官が彼のデスクに腰かけ、足を長く伸ばしておしゃべりしていた。

彼らはわたしを見ると、すぐに楽しそうになり、ニヤニヤ笑った。当時のわたしはまだ若く、男性のそんな態度を見るといつも不安になり、イライラしたものだ。わたしは軍曹に自分の願いを伝え、遠いところから来たのです、チロルから――と、嘘をついた。そして、今日中にまた戻らなければいけないのです。だから、神さまの名において、通行証を出してください。

「電車の切符はどこにありますか？」と彼は尋ねた。「でも、あなたが切符を持っていようと、役には立ちませんよ。あなたはLさんの親戚ではありませんし、奥さんでもない。婚約者でもないですよね。婚約者は昨日来たばかりですから。家にお帰りなさい、そして午後になったらまた来てください」彼はほとんど父親のような態度でわたしを諭した。

デスクに腰かけている二人の若者は恥知らずにも満足そうにニヤニヤ笑い、わたしを苛立たせた。そのとき、いい考えが浮かんだ。

「まあ、いいけど」とわたしは軽い感じで言った。「かまいません、そんなに急ぎじゃないから。ところで、あなた、ライプツィヒ出身ですね？」

彼はほんとうに、ライプツィヒ出身だった。わたしはライプツィヒについては駅のレストランぐらいしか知らないが、その町にはクワガタムシがいないことを確信していた。

「ほら、これ、見てください」とわたしは言い、箱の蓋を持ち上げた。

青いワスレナグサの絨毯の上に、伝説の動物よろしく大きなクワガタムシが鎮座し、脅すように角を振り上げていた。二人の下士官はデスクの端から滑り降りて、じっとクワガタムシを見つめた。ニヤニヤ笑いは大変な驚きと入れ替わった。すぐに一人が友だちを呼びに行き、五人の衛生兵を連れてきた。そこにたまたま一人の助手と二人の下級医師もやってきて、全員が注意深くわたしの箱の上に屈み込んだ。

「この虫、しばらくここに置いててもいいかな？」とニヤニヤしていた二人のうちの一人が尋ねた。

「いいですよ」とわたしは軽い感じで言った。「わたしが面会から戻ってくるまで、見ていていいわよ」

「通行証出してやれよ！」と彼はささやいて、軍曹をつついた。軍曹はぼうっとした様子でわたしに書類を差し出し、わたしは音もなく部屋を立ち去った。女の軍隊がないことに感謝しながら。そんなものがあったらクワガタムシと一緒にぶち込まれていたかもしれない。

　わたしはたっぷり時間をかけてＬとおしゃべりをした。Ｌは自分もクワガタムシを見られなかったことだけを残念がった。わたしたちはおやつの袋から巻紙を取り出し、それをまたきちんと伸ばした。一度、患者の一人が看護師に、きょうは回診はないのか、と尋ねた。看護師は不機嫌に、そんなはずはないんですけどね、と答えた。ほんとにすごく遅いですね。

　ようやくまたオフィスに戻ってみると、なぜ回診がなかったのかがわかった。医師団は全員、オフィスに集まっていたのだ。わたしは苦労しながらデスクにたどり着いた。人々の押し合いへし合いのなかで、自分の連れてきたクワガタムシに何かが起こっていないか、と心配だった。

　しかし、行儀のよい軍曹は、虫をちゃんと見張っていてくれた。クワガタムシはデスクの天板の上で、ミルクとケーキのかけらを山ほど載せたソーサーを前に、干し草の束を目の前に置かれた虎と同じくらい、困っているように見えた。

わたしはクワガタムシを箱に戻し、「じゃあ、もうこの子は逃がしてあげます」と言った。

助手の一人がわたしからクワガタムシを買い取ろうとした。美しい茶色の目をした背の低い一等兵が、クワガタムシをくれたら懐中電灯をあげる、と言ってきた。でもわたしはきっぱり断った。

急に、彼らがみな、おもちゃを取り上げられた小さな少年たちのように見えてきた。男って、ときにはすごく可愛いのね、とわたしは考えながら、クワガタムシをまた公園の道に放してやった。

「さあ、行きなさい！」と、わたしは虫の後ろから呼びかけた。「行きなさい——そして、ありがとう！」

# 司令官の死

　分遣隊は動き始めた。先頭に立っているのはタラー少尉だ。彼が騎乗する雌の白馬は刺すような朝の空気のなかを跳ねるように進み、ときおり興奮して鼻息の音を響かせた。まだ完全に明るくなってはいなかった。にもかかわらず、少尉はすべてをはっきりと見てとることができ、そのことで驚いていた。

　彼は馬上で、将校としてふさわしい姿を見せたいと望んでおり、両肩をそびやかしていた。自分が小柄であることに秘かに悩んでいて、その欠点を気骨と優美さで補おうとしていた。それはかなりうまくいっていると、自負することもできた。

　彼は一瞬、これから射殺されるべき脱走兵のことを考えた。その男は、戦場ですっかり混乱してしまったのに違いない——信じがたいことだ！　尋問の際にも、彼がなぜ脱走したかはわからないままだった。

実際のところ、少尉はその男を気の毒に思っていて、射殺の命令を受けたことを嫌悪していた。しかし、彼にはその任務を拒むことは不可能だった。それに、誰の下で射殺が行われるかは、重要なことではなかった。

脱走兵を助ける方法はなかった。

「正義は行われなければならない」と少尉は半ば声に出して言い、鞍の上で体を揺すった。

空は薄青く、澄んでいた。晴れてはいるが寒い冬の日が始まろうとしていた。

身を切るような風が少尉を震え上がらせたが、彼はすぐにまた気を取り直し、筋肉を緊張させると、輝く青い目でしっかりと前を見据えた。「連隊のなかで一番美しい目」とは、彼に恋をしたある女性が言った言葉だった。

彼の隣では、従軍司祭のプロヒルと軍医のゾマーも馬で進んでいた。不格好な二人の中年男性で、彼らは鞍に沈み込むような座り方をして、頭を肩のあいだにすくめ、外套の襟を立てていた。軍医は昨夜の飲み会からまだ完全には酔いが覚めておらず、司祭の方は、このような命令遂行の際にはいつもそうであるように、不機嫌で内にこもっていた。彼らの後ろから、囚人を連れた一行が続いてきていた。葉を落とした並木道は、どこまでも続いていくように思えた。風は冷酷なうなり声をあげ、少尉の耳は燃えているかのように痛んだ。こんな寒さのなかで死ぬのは辛いことだろう——しかし、もしかしたら寒い日の方が、光り輝く夏の日よりは生への執着が少なくなるのかもしれない。少尉は自分を安心させるために、後者の仮説をとることにした。しまいには彼はそうした考えを頭から振り払って、自分の資産の見積もりを始めた。突然、雌馬が速歩で走り始めた。彼は手綱でコントロールしようとしたが、馬は止まらず、どんどん速くなって、蹄が地面にほとんど触れないくらいの、飛ぶような走りになった。固く凍った地面がガラスのようにかすかなカチカチという音を立てるのが聞こえ、彼は目を閉じた。それから彼は射撃場に到着したが、部下がすでに到着して自分を待っているのを見て驚いた。

司祭と軍医は非難を込めて少尉をにらみつけていたが、まるで彼のせいで冷たい朝の空気のなか長時間待たされた、とでも言うようだった。

少尉は混乱し、不安に思ったが、自分がどんな間違いを犯したのかわからなかった。

ついに、すべての準備が整った。

司祭は杭に縛られた囚人に宗教的な慰めの言葉をかけ、後ろに下がった。その男は無関心な様子で空を見上げていたが、白い目隠しをされていて見ることはできないので、つまりは顔を空に向けていただけだった。

分遣隊の第一列が跪き、銃を構えた。いまや少尉が命令を下すときだった。彼は咳払いし、合図をした。しかし、銃声は聞こえなかった。銃から煙は上がったが、隊員たちは不思議そうに彼を見つめた。

少尉は混乱し、命令をくりかえそうとしたが、急に眩暈に襲われて、地面に膝をついてしまった。彼は、軍医が自分の上に屈み込み、「死んだ」と言うのを聞いた。

彼は目を開けようと努力し、最終的には目を開くことができた。並木道を通して、自分の隊があの白い雌馬を先頭に遠ざかっていくのが見えた。その馬の上では、タラー少尉が腰を揺らしていた。

それから彼は自分を見下ろした。

彼は杭の下に仰向けに横たわっていて、胸の穴からはバラ色の血が沁み出ていた。なんてこった、と少尉は考えた。あいつらは間違って俺を射殺しやがった。しかしそれなら、なぜ俺自身が何ごともなかったように馬に乗って帰っていったのだろう？　彼は深く考えこんだ。これは全部、間違いに違いない。彼はつい最近見た芝居のことを思い出したが、その芝居のなかでも信じられないようなことが起こっていた。「あの芝居は禁止されるべきだ」と、彼は不機嫌に言った。それから、自分が一人であることに気づいた。周りには雪しかなかった。地平線には雪山、頭上には膨れあがった巨大な雪雲があった。大きくて白い雪片が、いくつか落ちてきた。押しつぶされるのではないか、と少尉は恐れたが、それらの雪片は優しく彼の顔の上に載った。雪の尖った結晶を通して三つの赤い太陽が空に見えた。自分は地の果てにいるのだ、と彼は悟った。その認識は、彼を非常に落ち着かせた。バカげたこと、理解不能なことはもうなかった。空の三つの太陽がすべてを説明してくれた。

そうやって横たわって眺めていると、彼は強い好奇心を感じた。新しい雪片がどんどん、彼の上に降り積もった。太陽の脇を通り過ぎ、彼の顔の上に。目のなかに輝く雪片が入って痛んだが、彼は見るのをやめたくなかった。もう少し持ちこたえたら、すべてを体験できるだろう、と彼は考えた。何を体験したいのかはわからなかったが、体験することを切に、心から願った。やがて音楽が始まった。あたりを見回したが、雪以外には見えなかった。ついに、音楽は太陽の方から来るのだということがわかった。彼は雪を一摑み取り、急いで胸の穴に雪を詰め始めた。しかしそれは失敗だった。雪は融け、氷水となって彼の血管に流れ込んだ。燃えるような冷たさが、彼を焦がした。薄い白のヴェールを通して、三つの太陽が彼の上に落っこちてきた。空気を求めて喘ぎながら、司令官は目を覚ました。胸のなかで何かが引き裂かれるのを感じた。彼の目は常夜灯の黄色い光を探し求めたが、暗闇しか見出せなかった。

# 一九四五年の春

スージーはその日の午前中にアマガエルを見つけた。カエルは洲浜草《スハマソウ》の大きな葉っぱに座って、見たところ満足そうに上下に揺れていた。スージーはカエルに向かって人差し指を伸ばし、カエルは緑の指で優しくそれにしがみついた。

カエルはとても軽かった。これまで、そんなに軽いものを持ったことはないような気がした。それに比べると若鶏たちは重くて不格好だった。ちょうどカエルがスージーの指の上を跳びはねているとき、サイレンが鳴った。スージーは悲しい気持ちでカエルを草のなかに置くと、小さな草地を越えて家まで走っていった。母さんは二つの大きなトランクを地下室まで運んだところで、小さな娘が戻ってきたのを見ると、安心のため息をついた。

地下室には八人が一緒に座っていた。地区の防空責任者は、空襲警報が鳴るたびに口にするジョークをきょうもしゃべったが、きょうも誰一人笑わなかった。母さんはスージーを膝の上に引き寄せ、爆弾が落ちるたびにぎゅっと体を押しつけたが、そのせいでとても息苦しかった。スージーは鼻に皺を寄せた。地下室は嫌な匂いがしたし、母さんの唇はまたしても青白くなっていた。背が高くて髪の黒い母さんが途方に暮れている様子を見るたびに、スージーは自分がまだ大人でないことに強い怒りを覚えた。八歳では幼すぎる。母さんをウールの毛布に包んでどこかに運んでいけるほど大きく強くなりたい、とスージーは切に願った。とはいえ、母さんをどこに運んでいくのかは、わからなかった。

警報が解除されたとき、スージーは母さんがトランクを上の階まで運んでいくのを手伝った。それからまた草地に戻った。そこでは何も変わっていなかった。アマガエルは三つの洲浜草の花の上で跳び回ったあと、別の草の上で日に当たりながらゆらゆら揺れていた。スージーはカエルの落ち着き払った様子を驚くべきことと思い、ちょっぴり場違いにも思った。ブナの葉っぱでカエルのために小さな巣を作ってやり、その遊びにすっかり満足して、昼食に呼ばれるまで続けていた。

午後、スージーは散歩に出かけ、隣人が所有する三頭の馬を、心配そうに眺めた。その馬たちはじっと動かずに、眠っているかのように草地に立っていた。草は短くて明るい緑色をしていた。太陽は馬たちの赤茶色の毛皮を焦がしていた。スージーの頭も日光に照らされて熱くなり、動きが鈍くなって眠たげになった。山を下る道では雪融け水が、細いけれども勢いのある小川になって流れていた。スージーは棒を使ってその流れを草地に引き込もうかと考えたが、結局はそのアイデアを諦め、頭を垂れて、春の空気にぼうっとしながら家に向かって急いだ。

母さんがバルコニーに立ち、プランターに三色すみれを植えているのが見えた。その後ろに父さんが立って、「そんなことしなくてもいいだろう、マリー」と言っていた。

母さんは困ったように、黒髪の頭を脇に向けた。「そうね、あなたの言うとおりね。でも何か植えずにはいられないの、そうしないとバルコニーが悲しすぎるから」

父さんは「うーん」と少しだけうなった。「戦時中の暮らしは楽しくないんだってことに、そろそろ慣れた方がいいよ」

「そうね。もうじき慣れると思う」母さんは従順に答えた。父さんはあくびをし、折り曲げてあった上着の袖を伸ばすと、その上着を着た。そしてドアを通って姿を消した。

父さんが建物を出ていくまで、スージーは少し待っていた。それから階段を上がっていき、泥だらけの靴を脱いで、繕ったスリッパを履いた。母さんがお話をしてくれるといいな、と思ったら、いきなり予期せぬお客が来た。黒い服を着た女の人で、敷居の上でもう母さんの首に飛びつくと、大きな音を立ててキスをした。

よその女の人は部屋のなかに入ってきたが、靴にたっぷり泥がついていて、長絨毯が汚れてしまった。でも母さんは少しも気づかない様子で、キッチンに駆け込むと、ブラックコーヒーと、午前中に焼いた燕麦《えんばく》のクッキーを持ってきた。

肥った女の人は泣きながら、クッキーで口をいっぱいにして話し始めた。たったいま、墓地で夫の体の残りを埋葬してきたのだ。

その人はほんとうに「まいそう」と言ったが、スージーにはその意味がすぐにはわからなかった。埋葬という言葉を聞いたことがなかったのだ。

「かわいそうなテオドーア」と、お客は泣いた。「体が何千もの欠片になってしまったのよ」そう言いながら、二枚のクッキーを同時に口に入れ、激しく咳き込んだので、顔がすっかり青ざめてしまった。母さんはぎょっとして、まぶたをひきつらせた。「テクラ、お願いだから、気をつけてね」と母さんは弱々しい声で言った。

その人は咳き込むのをやめ、クッキーの粉と唾と涙を顔から拭うと、「気をつける必要なんてあるの？」と言った。そして、混乱した感じの膨れた顔を母さんに近づけると、「マリー、わたしにはもう、わからない。わからないのよ」と言った。

スージーは嫌悪感を抱き、怒りを感じながら彼女を見ていた。この人は何のために来たのだろう？　クッキーをいくつか食べて、母さんをぎょっとさせるため？　そのせいで母さんは夜、靴下を繕うときにしょっちゅう指を刺してしまうかもしれない。暗くなったころにようやく、肥った女の人は帰っていった。少しだけ元気になったようで、まるで貨物船のように左右に揺れながら道を下っていった。

父さんが夜勤のときにはいつもそうするように、母さんはスージーを自分たちのベッドに入れてくれた。スージーは母さんの太い三つ編みを自分の方に引っぱると、そこに頬を押しつけてすぐに眠ってしまった。

サイレンの音で目が覚めた。スージーは寝ぼけ顔でトレーニングウェアとコートを着た。母さんが震えていて、トランクを持ち上げられないのに気づいた。スージーは決然と母さんの手を取り、外に連れ出した。

町の上に打ち上げられた照明弾のせいで、夜空は明るかった。母さんはこの光景を見て、前よりもひどく震えだした。スージーは細い腕で母さんの腰のあたりを抱くと、小さな草地を通ってブナの木の下まで連れていった。湿った草が靴の下でビチャビチャと音を立てるのを聞き、新たに一連の照明弾が空に光るのを見た。ブナの木の下に辿り着き、母さんをカサコソいう落ち葉の上に座らせたとき、最初の爆弾が落ち始めた。スージーは耳を澄ませようとし、突然、奇妙なガチガチという音を聞き取った。それが、母さんの歯が上下にぶつかって立てる音だとわかると、あらゆる不安の痕跡がスージーから消え去った。

「怖がらなくていいよ、母さん。地下室にいるわけじゃないから」とスージーは言った。

母さんは顔を上げ、深く長く息を吸った。

「ここは空気がたくさんあるよね、母さん？」

母さんは小さな声で笑い、スージーは突然、ひどく陽気な気分になった。母さんにアマガエルの話をしようとしたけれど、あちこちに落ちる爆弾の音で、自分の声さえ聞こえないほどだった。

いずれにしても、母さんは震えるのをやめ、落ち葉のなかに無造作に体を伸ばしていた。スージーは横にはならず、ピンと背中を立てて座ると、緊張して注意深く町を見守っていた。音が静まり、エンジンのうなりももはや聞こえなくなると、町が燃え、炎が高く上がっているのが見えた。

「母さん、目を閉じて！」スージーは厳しく言い、母さんは脇を向くと、スージーのコートの上に頬をのせた。警報解除の音が鳴り響いたとき、スージーは母さんが眠り込んだのに気づいた。それはまるで奇跡のようだった。

そう、母さんは眠っていた。寝息は穏やかに温かく、スージーの手の上を流れていった。そしてどこか落ち葉の下に隠れて、ひょっとしたらスージーが作ってやった巣のなかで、あのアマガエルも邪魔されることなく安全に眠っているかもしれなかった。

スージーは用心深く母さんを起こし、一緒に家に戻った。まだぬくもりが残っていたベッドに二人して横たわっているとき、ふいに母さんが言った。「今年はやっぱり八重咲きのカーネーションをバルコニーにおきたいな。それからワスレナグサもいくつか」

「うん」スージーは眠そうにつぶやいた。半ばほどけてしまった母さんの三つ編みを自分の方に引っぱると、その上に頬をのせた。「あの花は湿ったブナの葉っぱみたいな匂いがする」と彼女は考え、そのあとすぐに眠り込んでしまった。

# 国家の反逆者

戦争が始まる数週間前、エンゲルベルト・ミュラーという人物が、食堂でつい軽はずみな発言をしてしまった。新しい政治には価値がない、それに戦争はけっしていい結果をもたらさず、せいぜいぞっとするようなことが起きるだけだ、と主張したのだ。ミュラーは一年前に結婚したばかりで、時計を作って売る小さな店を開いていた。苦労して手に入れた小さな幸福を戦争が壊してしまうに違いない、と彼がおびえているのは理解できることだった。不幸なことに、店のカウンターで酒を出していた娘が彼の言葉を聞きつけた。人生において前進したいと野心たっぷりに決意していた娘は、その晩のうちに当局にその情報を伝えたのだった。四日後、時計職人は政治犯として郡庁所在地の拘置所に入れられた。逮捕の理由も伝えられないまま、彼はその場所に六か月も拘留された。看守たちはときおり彼を罵り、どうにか耐えられるぎりぎりのレベルで彼を虐待した。妻への思い、小さな娘への思い、そしてある種の想像力の欠如のおかげで、時計職人は身を苛む待機の期間を終わらせるようなバカげた供述をせずにすんだ。しまいにはミュラーが何年も前に算数の宿題を写させてやったことのある人物——いまでは影響力のある人——が、予期せぬところで介入し、彼が釈放されるようにしてくれた。ただ彼は、一枚の相互契約書にサインする必要があり、そこには「エンゲルベルト・ミュラーは、再犯の場合には公判を経ずに銃殺刑となる」という文句が読み取れた。それにサインをして、彼は出所を許された。故郷の町に戻り、その後数日間、小さな娘が初めて笑い声をあげようとするのを感嘆しつつ眺め、できる限り店のなかを整えようとした。彼は、戦争が始まっても召集される恐れのない、片足の徒弟を雇い入れ、税金の書類を処理し、注文を行い、自分ができる仕事はすべてやった。妻には、自分がどんな条件の下で釈放されたか、話さなかった。そして、この事件の前にはほんとうにそうだったように、自分を屈託なく明るく見せるように努力していた。眠れない夜には静かに妻のそばに横たわり、彼女を不安にさせないように、小さく規則的な呼吸をするよう心がけた。その後まもなく、彼は召集状を受け取り、前線に向けて出発した。このようなやり方で、あの陰険な脅迫から逃れられると秘かに期待していたとしたら、それは間違いだった。指名手配書は、彼より先に前線に届いていた。彼は、自分がけっして昇進しないこと、「国家の反逆者」として、とりわけ厳しい監視のもとにおかれることを耳にした。しかし、新しい部隊長は時計職人のような小物の危険人物よりももっと重要なことが頭にあったのか、あるいは、後方からそんな指示を受けることに気を悪くしたのか、いずれにしても軍の人々はミュラーに頓着しなかった。彼は器用でもあり勤勉でもあったので、人々はあらゆる仕事を彼に押しつけた。そんなわけで、彼はすぐに中隊の「何でも屋」になってしまった。中隊の人々はミュラーを気に入り、悪意のないからかい方で、彼を「俺たちの反逆者」と呼んだ。ミュラーはそれを聞いてほほえんだ。彼は、もっと毒のないからかいの言葉に対してもほほえんだ。もともと穏やかで、人のいい性格だったからだ。いまでは、家にいるときよりも気分がいいくらいだった。匿名の大衆のなかに潜り込めた気がしていた。それは、故郷にいて理解しがたい追及を受けるよりもずっと安全だった。ただ一つの苦しみは、家族と離れていることだった。自由な時間があるときにはいつでも、きれいな丸文字で家族に長い手紙を書くか、妻と小さな娘の写真を眺めていた。ある午後、彼がちょうど台所で生地をこねていると、下士官が現れて、捕虜を一人、一時間離れた司令部まで連れていくように命じた。ミュラーは両手から粉を落とし、エプロンを外して兵舎を出た。立ち入り禁止区域をうろうろしていてつかまったという捕虜はずいぶん年をとった男で、濁った空色の目で彼の方を見た。誰かがその男の亜麻色のひげを引っ張るという悪ふざけをしたらしく、彼の顔には細く血が流れたあとがたくさんついていた。捕虜を急かしながら歩かせているあいだ、ミュラーはひどく自分を恥じた。おそらくこの老人は、ただ迷い込んだだけなのだ。この地域全体が民間人の通行禁止になっていることを知らなかったのだろう。ひょっとしたら、民間人という言葉の意味さえ知らないかもしれない。そのことに気づいてこの男を解放してくれたらいいのに、とミュラーは思った。司令部に到着すると、彼は当直の将校に申告し、命令を待った。そして、気の毒な様子が見えるようにと、捕虜を前に押し出した。しかし、ミュラーが声をかけた将校は、注意深く地図を研究している最中で、目を上げることもなく、「裏の森で射殺しろ」と言い放った。ミュラーは機械的に「了解！」と答えたものの、そこに立ち続けたので、ついに将校が怒ったように「まだそこにいるのか？」と問いかけた。そこでミュラーは将校に背を向け、捕虜を先に歩かせてその建物を出た。銃撃で破壊された村の通りを歩いていくあいだ、彼にはずっと、小さなささやき声が聞こえていた。「そんなことはできない……そんなことはできない……」だがしまいに、そんなふうにつぶやいているのが自分自身であることに気づき、ぎょっとして口を閉ざした。彼はどんな部隊にも、一摑みのタバコと交換で、命令を代わりに遂行してくれる輩がいることを知っていた。彼は一つのドアを開け、長いテーブルの周りに八人か十人くらいの若者が座っているのを見た。彼らの一人はアコーディオンを演奏していて、他の人々はそれに合わせて歌うというか、がなり立てていた。突然その歌がやみ、彼らはドアの方を見つめた。アコーディオン弾きは嬉しそうに叫んだ。「やあ！　そのじいさんを始末するのかい？」アコーディオン弾きは熱意を見せて、美しい顔を紅潮させた。「おまえたち、みんな一緒に来いよ。こんな場所で、やっと少しだけ気分転換できるぜ！」若者たちは笑いながらパッと立ち上がった。一人が蒸留酒の入ったグラスをひっくり返したが、ミュラーは全員が酔っ払っていることに気づいた。一番酔っ払っていたのはアコーディオンの男だった。彼らは二人をドアから外に押し出し、村外れにある小さな森に連れていった。彼らはそこで、捕虜を白樺の木の前に立たせ、興奮してミュラーの背後に集まった。「俺にやらせろよ！」と子どもっぽい顔をした美しい若者がねだった。ミュラーは一瞬考えて、酔っ払いに撃ち殺されるよりは、しらふの人間に撃ち殺される方がまだ気分がいいだろう、と考えた。彼はその若者を脇に押しやり、銃を構えた。自分が民間人であることを知らなかった不幸な捕虜は、たちまちこれから起こることを理解した。汚れた上っ張りを胸の前で引き裂き、そこにぶら下げていた大きな十字架にキスをしたのだ。ミュラーは十字架の左側を狙い、引き金を弾いた。老人はゆっくりと前方に倒れ、雪に顔をうずめた。そのあと、ミュラーは老人をできるだけ丁寧に埋め、血痕を雪で覆った。若者たちは少しがっかりし、興ざめして散っていった。ミュラーは命令の遂行を報告し、自分の宿舎に戻った。台所でまたズック布製のエプロンをつけ、生地をこね始めた。生地は離れているあいだに少し緩くなってしまっていた。彼は小麦粉を少し足して、自分が思考停止しているのを感じた。急に脳が黒く口を開いた穴のようになってしまった。数日後、ようやくまた物が考えられるようになったが、短い文章だけで、個々の単語しか浮かんでこなかった。おしゃべりな長い手紙も残念ながらもう書けなくなり、自分はまだ生きていて元気だと、野戦郵便用のハガキで伝えるだけになった。いくつかの負傷を乗り越え、捕虜にもならず、戦後、彼は故郷の町に戻ってきた。それ以来、また小さな店に座り、ルーペを目の前にかざして、壊れてしまった時計の精巧な歯車をつついている。ときには窓から中庭に目を向け、娘が色鮮やかなボールで遊んでいるのを見、ほほえもうとする——何も恐れず、喜ばしげに。しかし、それはけっしてうまくいかない。彼は急いで、壊れた歯車の方にまた目を向けるのだった。

# 間借り人たちのクリスマス

その午後、ロッシさんは両隣の部屋の住人をクリスマスの食事に招いた。

旧知の仲であるアンダースさんは、すぐに招待を受けた。彼はまだベッドに横たわっていたが、それは昨晩から今朝になるまでずっと酒を飲んでいたからだった。彼は充血した目で、驚いたようにロッシさんを見つめた。そして、彼女が何と言っているのかまったく理解しないまま、「はい」とうめくとすぐにまた寝てしまった。ようやく二時間後になって完全に目を覚ますと、その招待のことを思い出し、それに応じることにした。第一に懐具合がさみしかったから、第二に、それ以外にどこに行ったらいいかわからなかったからだ。

小さな部屋に座って、小さな袋にプチポワン刺繍をしていたアンライターさんも、招待を受けた。暖房の燃料が足りなくなってきていたし、彼女の目には敗残者と映るロッシさんは、高慢な印象を与えないからだ。

そういうわけで、ロッシさんは準備を始めた。彼女は間借り人のなかで唯一キッチンを使っていいことになっていたし、お金に余裕があったので一番広くてきれいな部屋に住んでいた。六時ごろ、住居の所有者である宮廷顧問官の未亡人は、結婚している娘のところに出かけた。その数分後、アンダースさんが台所に来て、小さなブリキの鉢に髭剃り用のお湯をもらっていった。ロッシさんは肉を焼きながら熱心にワインをかけ、サラダを作り、昨日焼いておいたトルテにクリームを盛り付けた。彼女は背が高く、かなり骨張った四十歳くらいの女性だった。美しくてしなやかなシルエットと、たっぷりした赤茶色の髪の毛の持ち主だ。

アンダースさんがバスルームに行ったあと、ブロンドの女子学生マリアも台所にやってきて、レモネードを作るために大きなグラスに水を汲んだ。今晩はどんな予定なの、とロッシさんは尋ねた。それに対してマリアは、何にも予定はなくて、家にいるつもり、そもそもここが家だと言えればだけど、と答えた。そこでロッシさんは、マリアも晩餐に招くことにした。この娘のことは気に入っていたし、鷹揚な気分になっていたからだ。

人々は八時に円卓の周りに集まった。アンダースさんだけが少し遅れてきたが、女性たちは彼をほとんど見違えてしまった。きれいに髭を剃り、黒髪をきちんととかして、ズボンも珍しくアイロンをかけたようになっていたからだ。

アンライターさんは、礼儀として少し会話もすべきだと感じていたが、肉汁たっぷりの焼き肉を見ると、そのことも忘れてしまった。まもなく、食卓では食べる人がもぐもぐ嚙む音と、飲み込む音、舌鼓を打つ音しか聞こえなくなった。多少とも全員がお腹いっぱいになり、デザートを食べる段になって、ようやく会話が始まった。

ロッシさんがラジオをつけると、最初のクリスマスキャロルが聞こえてきた。「おお、モミの木」、「子どもたち、おいで」、「静かに雪は降る」などだ。これは一同をいささか困惑させたが、マリアだけは十九歳になるまでほとんど教会にも通わなかったので、こうした歌と結びつく思い出がなかった。彼女は丸い額の上に金属的に光るまっすぐな前髪を垂らしていて、小さな口に赤い紅をさし、素晴らしいピンクの肌をしていたので、まるで大きな人形みたいだった。アンダースさんは、それがほんとうに肉でできているかどうか確かめるためだけでいいから、彼女の剝き出しの白い腕をつねってみたい、と自分が考えているのに気がついた。

彼の気持ちを理解できないロッシさんは、ぼんやりとほほえんだ。アンライターさんは不審そうにトルテから顔を上げたが、この男の一番無害な言葉にさえ、無作法が潜んでいるに違いない、と確信していた。

マリアはそもそもまったくアンダースさんに注意を払っていなかった。人生において成功から見棄てられ、一日中酒を飲んで寝転んでいるような人々に興味はないのだった。アンダースさんはため息をつき、浮かぬ顔でデザートに目を向けた。

マリアは一見したところ、いささか世間知らずのように見えたが、実はそうではなかった。というのも、自分が何を求めているかはっきりと言えなかったとしても、自分が何を嫌悪しているかはとても正確にわかっていたのだ。彼女は自分の惨めな状況から抜け出したいという願いに取り憑かれている、冷酷な処女だった。いつの日か、空腹や寒さ、苦痛などのない、長くて快適な生活のために、最も多くのものを兼ね備えた男に自分を売るつもりだった。彼女の青い目はときおり、厳しくて、少しばかり狂った輝きを灯すのだったが、一同のなかで唯一、彼女の本性を正しく見抜くことのできたアンダースさんは、この女性は金のためなら自分の母親さえも売り払うだろう、と確信した。マリアは疑いなくそうしただろう。だが、母親の記憶はほとんどなかった。空襲の際に亡くなってしまったのだ。マリアはそもそもこれまでの人生についてはわずかな断片しか記憶しておらず、常に未来のことを考えていた。

　アンダースさんは寒気を覚えながら、自分の右に座っている女性を見た。小柄だけれど勇敢なアンライターさんだ。彼女はさまざまな家内労働に従事し、宮廷顧問官夫人の言葉によれば、かつてはもっと羽振りがよかったらしい。いま彼女は秘かな欲望に駆られて砂糖漬けのさくらんぼを口に押し込み、自分の好きな甘みに身を委ねていた。しかし、アンダースさんは彼女には同情しなかった。彼は誰にも同情せず、自分自身にさえ同情しなかった。自己憐憫の誘惑がときおり大きくなったりもしたのだけれど。

ラジオでは誰かがスピーチを始めようとしていたが、アンダースさんはみんなの希望によってラジオのスイッチを切った。

ロッシさんは皿を片づけて台所に持っていくと、レープクーヘン〔蜂蜜や香料が入ったケーキでクリスマスによく食べる〕とリンゴやオレンジが入った鉢をテーブルに出し、ワインを一瓶取り出した。

「年をとると、時間は飛ぶように過ぎていくわね。十年なんてあっという間よ。十年前、わたしはまだきれいなアパートに住んでいたわ」とアンライターさんが言った。彼女は目を輝かせて灯りを眺めていた。「わたしのアパートと、四人の甥と姪。生きていればいまごろは働き盛りで、子どもがいて、仕事に夢中でしょうね。でも彼らは死んでしまった。わたしのアパートや陶磁器や絨毯と同じく、崩れ落ちて、朽ち果てているのよ」

この発言に、みんなは不快そうな沈黙で応じた。

「それで、あなたの方は？」とアンライターさんは厳しい声で言って、黄色い薄膜で覆われているように見える大きな水色の目で、アンダースさんを見つめた。

「わたしは」とアンダースさんは答えたが、目はぶらぶらしているマリアの両足に向けたままだった。「わたしはいまから十年前、一人のロシア人の頭に弾丸を打ち込み、蒸留酒を飲んで、地面に掘った穴のなかに逃げ込みました」

「おぞましいこと」アンライターさんはきっぱりと言った。

「おそらく、そうでしょうな」とアンダースさんは同意した。「しかし、もし逆のことが起こっていたら、もっとおぞましかったでしょう。もしそうなっていたら、きょう、あなたのお隣に座るという栄誉にはあずかれなかったでしょうから」

するとそれまで珍しく静かだったロッシさんが、突然両腕の上に顔を伏せて、息詰まるようなすすり泣きを始めた。

アンダースさんはため息をつき、自分でグラスいっぱいにワインを注ぐと、一気に飲み干した。泣いている女性を見ると神経質になり、イライラしてきた。「まあまあ」と彼は愚かしくつぶやいた。「誰が泣いたりするんですか。明日、彼はまた来ますよ」するとロッシさんは涙でぐちゃぐちゃの顔を上げ、理解できないというように彼を見つめた。彼女の目のなかでは、苦しみが白く輝いており、彼を尻込みさせた。それからロッシさんは笑って、こう言った。

「わたしがいままでに一度でも、男のことで泣いたと思う?」

アンライターさんがロッシさんの腕をポンポンと叩いて、ささやいた。「この人にはそんな話は通じないわよ、ロッシさん。でもわたしには、あなたがなぜ泣くのかわかるわ」アンライターさんはどうやら、少し酔っ払っているようだった。

ロッシさんはアンライターさんの小さな手を振り払った。「わかる、ですって？」ロッシさんはあざけるように言った。「あなたはちゃんとした人間ですらないでしょ。蠟か段ボールでできているんじゃないの」ロッシさんの大きな美しい両手が、軽蔑したようにテーブルクロスの上を掃いた。そうやってテーブルに投げ出されたように頭を横たえている姿は、醜いと同時に魅惑的でもあった。髪はぐちゃぐちゃで、眉毛は顔に貼り付き、白い顔には赤いシミが浮かんでいる。

「わたしには子どもが一人いたんだけれど、あの人たちに取られてしまったの。プラットホームは真っ暗で、わたしは水を汲みに行かなくちゃいけなかった。あの子は喉が渇いて泣いていたし」ロッシさんが拳骨を口に押し当てたので、彼女の言葉はほとんど聞き取れないくらいだった。「そしたら、いきなり列車が動き出したの！　わかる？　何の合図もなしに行っちゃったのよ」

「わからない」とアンライターさんが言った。

「わたしにもわからなかった」とロッシさんはささやき、「誰かを殴り殺すか絞め殺すかしたいときの気持ちって、知ってる？」と言った。

「一度そんな気持ちになったことあるけど」とアンダースさんが言った。「でも、忘れたよ。あんたも忘れなきゃダメだよ」

「いいえ」とロッシさんは言った。「いいえ、あれが誰の責任だかわかれば、わたしはその人を、その人を……でも奴らはみんなずる賢くて、平気な顔をして無邪気に嘘を話し続けるから、しまいには眩暈がしてしまうのよ」ロッシさんはワインのボトルの首に手を置いた。「あんな奴ら、みんなこうしてやる……」

アンダースさんは、黒っぽいボトルの首を爪が白くなるまで握りしめている、力強い女性の手を見ていた。

誰かが厚かましく野蛮な感情を剝き出しにしたときにはいつものことだったが、悩ましい虚無感がアンダースさんを苦しめた。彼は自分が何をしているか自覚しないまま、ロッシさんの背中をさすり続けた。

「そんなこと言うもんじゃありませんよ」とアンライターさんが言った。「あなたの言うことは正しいけど。奴らはほんとうに絞め殺すべきなのよ」アンライターさんは、「絞め殺す」という言葉が、生まれて初めて自分の口から出るかのように話した。「でもあなたは、そんな気持ちに負けちゃいけない。そんな気持ちは何らいい結果をもたらさない」そう言って、アンライターさんは立ち上がった。灰色の絹のドレスに身を包んだ、小柄な姿だった。アンライターさんはラジオのスイッチを入れた。子どものコーラスが「きよしこの夜」を歌っていた。「救いの御子は　まぶねのなかに　眠りたもう　いとやすく」アンダースさんは地面のなかに沈み込んでしまいたいと思ったが、何も起きなかった。ロッシさんは洗面所に行き、一同は水が流れる音を聞いた。

「きよしこの夜　星は光り」とあらためて歌が響いた。人間が無実の状態ではなくなったという思い出によって歌い継がれているこの曲は、これからもくりかえし歌われることだろう。白く雪をかぶったモミの木や、柔らかな鈴の音、雪、乳香の煙、周囲を黒々と映し出す氷の表面、もはや存在しない、愛する人々の顔などの思い出も、そこにはある。

　アンダースさんは人間の郷愁を歌ったこの曲に耳を傾けた。眠り込んでしまったマリアの寝息を手の上に感じた。四十年間の人生の汚れ、血や金や悪徳にまみれた自分の手の上に。しかし、自分の人生を変えることはないだろう、とわかっていた。彼は穏やかに、娘の肩を撫で始めた。

　ロッシさんが部屋に戻ってきて、顔は青ざめていたが静かに、カードゲームをしようと提案した。ラジオから古いコラールが流れているあいだ、アンライターさんは七回も続けざまに勝った。その間にマリアは、凍えながら廃墟のなかにしゃがんでいる夢を見ていた。空気は苦い味がして埃っぽく、目が焼けつくようだった。すると兵帽をかぶった大きな男が来て、彼女を抱き上げて自分の広いコートの温もりのなかに入れた。男の足取りによって上下に揺られながら、彼女はいつも探していた場所、ずっと留まりたい場所にいることを悟った。マリアは眠りながら微笑み、小さくて白い歯を剥き出しにした。その様子を見て、アンダースさんは八回目の勝負に負けた。

アンライターさんは立ち上がり、クリスマスのミサに行くと宣言した。ロッシさんに心からの感謝を述べ、少しも見下す様子はなく、部屋から出て行った。零落した上流階級のルール以外には何も所有していない、小柄で従順なご婦人だ。

アンダースさんはロッシさんに、マリアをどうするべきか尋ねた。ロッシさんは目を細めて彼を見つめると、「この人は今晩、わたしのところに泊まります」と言った。そして、眉を寄せ、彼が行ってしまうのを待った。彼女は窓を開け、キルトの掛け布団をマリアに掛けた。タバコの青い煙が冷たい夜の空に上っていくあいだ、彼女は娘の隣に腰かけ、光沢のある髪を撫でた。それはあたかも自分の子どもを撫でているようで、それどころかあらゆる行方不明の子ども、忘れられた子ども、凍った土のなかの小さな死者たちまでも撫でているような感覚だった。

それからすべての教会の鐘が鳴り始め、ロッシさんは窓を閉めるために立ち上がった。

# 恐るべき忠節

戦争の最後の冬、一人の若い女性が三歳の息子を連れて、北ドイツから故郷であるオーストリアに向かって移動していた。彼女の唯一の目標は、子どもを無事に家まで連れ帰ることだけだった。リュックサックには必要最低限の物しか入っていなかった。小さな息子を抱くために、両手を空けておかなくてはならなかったからだ。息子はか弱く、疲れ切っていた。

列車は兵隊や空襲で破壊された町から来た難民で満員だった。車中での会話はごくわずかで、すべてが陰気で無関心な態度によって行われていた。件《くだん》の若い女性は、小さな子どもの母親たちが、自分の子を救いたいという願望に取り憑かれ、我が子に食べさせるためならよその子を十人飢えさせても平気な心境になっているのを見た。彼女は疲労で鈍らされた驚愕によってこの様子を受けとめ、この野蛮な母たちが自分の姉妹でもあり、自分自身も苦難に遭えば同じ行動をとるだろうと自覚していた。いまでさえ、彼女はすでに、自分の行きたい道をなりふり構わず進んでいく術を身につけていた。これまではいつも恥ずかしがり屋と見なされてきたのに、子どもを腕に抱えると、イライラした雌ライオンのようになってしまうのだった。

それでも、彼女は他の多くの女性よりもまだうまくいっていた。しばしば一人の兵士が彼女を手伝ってくれたり、席を譲ってくれたりした。ある兵士はブドウ糖をくれたし、別の兵士は干しリンゴをくれた。男性たちはくりかえし騎士道精神を垣間見せたが、それはすべての女性に対してというわけではなかった。母親が若くて魅力的で、助けを必要としているように見えたことは、小さな息子にとって幸運だった。彼女は見知らぬ男性に向かって機械的なほほえみを浮かべ、目を大きく頼りなく見開いて、どうすれば子どものためになるかということしか考えなかった。兵士たちはときには子どもに冗談を言い、笑い声を響かせては彼の頬をつねった。しかし息子は表情を変えず、笑いもせず泣きもせず考え深げに、そして無関心に、見知らぬ顔を眺めた。彼はとても理性的な愛すべき子どもで、静かにしていなければいけないと悟っていたのだ。

ときには列車が、駅ではないところで何時間も、あるいは丸一日か一晩、立ち往生した。理由は教えてもらえなかったし、聞こえてくるとしても噂だけだった。ある都市が夜間に空襲を受けたとか、兵員の輸送のせいでこの路線がブロックされているのだとか。一度などは夜中に列車を降りて、カブ畑で横にならなければいけなかった。地面は冷たく湿っていて、空にはたくさんの白く光る球体があった。ときおりサイレンが鳴り、爆弾の衝撃で調子外れに地面が揺れ、射撃の音が湧き起こった。

　こうした苦労にもかかわらず、二人きりの旅行にはどこか心温まる部分もあった。二人は昼も夜も一緒だったし、少なくとも子どもの誕生以来、これほど絆を強く感じたことはなかった。子どもを腕に抱き、その頬を肩に感じ、その髪の匂いを嗅いでいるのはすてきだった。彼女は他人の言葉少ない会話には加わりたくなかったし、自分の周囲で起こることはすべて邪魔だと感じていた。見知らぬ顔が通り過ぎていった。途切れることのない人の流れで、彼女もそのただなかで、リュックサックを肩にかけ、子どもを腕に抱いていた。彼女はほとんど常に息子を抱いていた。彼は母親のように速く歩くことができなかったので、歩かせてもぶつかられたり押し潰されたりするだけだっただろう。彼女の周りの人々はさまざまな方言を話していた。理解できない言葉がとても多かった。南の方に下ってきてようやく、前より言葉が通じるようになった。すべてが慣れ親しんだ感じになり、列車のなかの人々も、石のような顔で沈黙するよりは、大声で罵ったりするようになってきた。人々が言うことには、戦争は終結に向かっており、もう長くは続かないだろうということだった。それについて、たまに激しい言い争いが起こった。一度、右腕のない下士官が、民間人の口をげんこつで殴った。何かがカチャッと音を立てて床に落ちたが、それは民間人の歯だった。でも入れ歯だったので、周囲からは笑い声があがった。誰かが蒸留酒を回し、二人は握手で仲直りすることになったが、下士官の存在しない右手に向かって民間人が右手を出し続けたので、うまくいかなかった。

彼女はこうした光景をとてもはっきりと目にしたが、まったく無関心だった。息子が眠っていてその様子を目撃しないのであれば、周囲の人々が殺し合おうとどうでもよかった。しかし、無関心でありながら、彼女はいつも用心深くしていた。スカートのポケットには小型の鋭いナイフがあって、パンやその他の食料品を切ることができたが、必ずやそれ以外の目的にも使えるはずだった。

息子が眠っているとき、彼女はたまに一人ぼっちで無力だと感じた。夫はそばにおらず、東部戦線で戦っていて、もう何か月も便りがなかった。彼女の唯一の目標は、子どもを元気に家に連れ帰ることだけだった。ほんとうの安全というものは、もはやなくなっていた。しかし故郷には、これまで見てきたことに比べたらほとんど平和といえるような地域があることを、彼女は知っていた。子どもをそこまで連れていかなくてはいけない。人々の言うことが正しければ、そのあと戦争が終わり、夫も彼女の元に戻ってくるだろう。彼女は一瞬たりとも、この考えを疑おうとしなかった。疑うと実現しなくなる、という無意識の迷信からだ。子どもが膝の上でコートにくるまれて穏やかに呼吸するあいだ、彼女は夫のことを考えた。年齢は彼女より二つ三つ上、黒髪の痩せた青年で、頬にえくぼがあった。軽率で遊び半分で、世界の何事をも真面目にとることができない人間だった。それが、彼女がすぐ彼と結婚した理由の一つでもあった。彼女は友人も兄弟もなく一人で育ったのだが、この青年は彼女の人生に喜びをもたらしてくれて、初めて心から大声で笑えるようにしてくれた。彼女は彼をとても愛していた。すばらしい人で、一緒にいて楽しかったが、彼を自身の軽率さから守ってやる必要があった。彼女は自分から遊び仲間である夫を奪った戦争と、嫌な指導者の老人たちを憎んでいた。それでも、彼が戻ってくることを一瞬たりとも疑うことは許されなかった。

　ときおり、彼女はある小さな森のそばに立っている、特定の納屋を夢に見た。夫はその納屋のなかにおり、彼女自身は門の前に立って、納屋に押し入って夫を捕まえようとする一群の髭面の兵士たちを、機関銃で撃ち倒しているのだった。自分の弾に撃たれた男たちがバタバタと草むらに倒れていくのを見ると、彼女は荒々しい勝利の喜びを感じた。この夢の話を夫にしたことはなかった。そもそも夫に夢の話をする機会はほとんどなかった。結婚して一緒に暮らせたのは半年程度だったのだ。それ以外に残っているのは彼の手紙だけだった。手紙のなかで彼はいつも、彼女を朗らかにさせ笑わせようと努めていた。彼の描写を信じるなら、前線は寄席みたいに愉快なことだらけだった。そんな話は大部分夫の創作だろうと、彼女にはわかっていた。夫は戦争のときでさえ、ふざけることをやめられないのだ。

　彼女は考えた。夫と自分とおちびさん、わたしたちは一緒に生きるだろう、そしてすべてがまた以前のようになるだろう。しかしそれはただの考えに過ぎず、何のイメージも浮かんでこなかった。いつもはイメージだけであれこれ考えている彼女にとっては、茫然とするようなことだった。夫と自分とおちびさん、と彼女はもう一度考えようとしたが、列車のガタゴトいう音が耳に届くだけで、目を閉じてみても、赤黒い虚無に包まれるだけだった。彼女はぎょっとして子どもを胸に押しつけた。子どもは寝ながら何かつぶやき始め、彼女はその声を聞いてようやく落ち着いた。いまはもう将来のことは考えたくなかった。せいぜい三日間だけ、きょうと明日と明後日のことだけ考えよう。

　少しずつ、この旅行には終わりがないような気がしてきた。きょうが何曜日だかもうわからなかったし、日付もわからなかった。彼女はそれを尋ねることもしなかった。もう重要ではないと思えたのだ。灰色の顔、汚れたコート、兵士たち、足が一本、腕が一本しかない兵士たち、子どもの泣き声、車室のむっとする悪い空気、プラットフォームの湿った冷気。ひょっとしたら彼女はそのまま永遠に列車に乗っていなくてはいけないかもしれなかった。隅っこに押しつけられ、煤だらけになり、子どもを大きなコートの下に入れて自分の胸に引き寄せながら。席が一つ空いていて、子どもが自分の膝の上に丸まって眠ることができれば、彼女は喜んだ。しかしときには何時間も立たなければいけないこともあった。そんなときにはおちびさんはリュックサックの上に座り、彼女の足に頬を寄せた。彼女自身はわずかしか眠らなかった。

いつも数分眠るだけで、この睡眠不足は彼女の肉体を消耗させたが、不自然に緊張させ、覚醒させていた。そこで起こることのすべてを彼女は非常にはっきりと見たが、まるで非現実のできごとのように思えた。

一度、以前のオーストリア国境に近づいたとき〔オーストリアは一九三八年にドイツに併合された〕――少なくとも彼女自身はようやくそこまでやってきたと思ったのだが――彼女はうたた寝をし、車室に飛び込んできて子どもを奪っていこうとする髭面の男たちの夢を見た。彼女は叫び声をあげ、荒々しく周りを見回して侵入者を探した。しかし、車室中の人々は眠り込んでおり、黒いスカーフをかぶった一人の老女だけが、パンの皮を少しずつかじりながら、彼女を不審そうに見つめ、首を横に振った。子どもは穏やかに眠っていたが、いつもより呼吸の音が大きく、頬には熱っぽい赤みが浮かんでいる。自分の体が不安で強張るのを感じた。もしかしたら、この旅行はしない方がよかったのかもしれない。この子はとてもか弱くて、去年の冬には気管支炎をようやく生き延びたのだ。それに、もうそろそろいい食事を食べさせてやらなければいけない。丸かった顔は日ごとに落ちくぼみ、青白くなっていた。

列車はゆっくりと進んでいた。これにはいろいろな可能性があったが、大きな駅に近づいているのであれば、食べものを調達して子どもに温かいものを食べさせてやれるかもしれない。持参した食べものは、とっくになくなっていた。

ほんとうに駅に到着した。彼女は座席からこわばった体を持ち上げ、おちびさんを脇に動かした。子どもは目を覚まさず、後方に傾いた頭でため息をついた。喉はとても白くて小さかった。シャツのなかに手を入れてみると湿っていた。熱のある子どもを寒いプラットフォームに連れていくのは無理だ。彼女は子どもにコートを掛け、黒いスカーフの老女に、子どもを見ていてくれるように頼んだ。ついさっきは不審そうなほほえみを浮かべていた老女は、真剣な面持ちでうなずいた。骨張った不親切そうな老女がそうやって座っているのを見ると、きっと子どもから目を離さないでいるだろうとわかった。不親切そうな人が、実はいつも当てになる。若い女性はこの旅で、そういう経験をしていた。

　彼女は大急ぎで列車から降りようとしたが、絶えず妨げられた。子どもを腕に抱いていないと、人を動かす超自然的な力は備わっていないのだった。水筒に水を入れ、容器を食べもので満たすことができるまでに、かなりの時間がかかった。どの車両だったかは、しっかり覚えていた。プラットフォームに戻ると機械的に八両目まで数えて乗り込んだが、そこにいたのはまったく知らない人たちばかりだった。最終的に、そこに停まっているのはぜんぜん別の列車だということがわかった。彼女が乗ってきた列車は何か原因不明の理由で予定より早く発車してしまったのだ。彼女と約十名の乗客が、その列車に乗り遅れた。彼らが倒れそうになっているのを見てとった駅員が、別の駅に電話して、彼女の子どもと、乗り遅れた乗客たちの荷物を見つけ出してくれるように指示を出した。「ご覧ください、奥さん。わたしはできる限りのことをしています。明日にはあなたを待っているお子さんとお会いになれるでしょう」彼女は何も言わなかった。駅員の言葉を正しく理解することができなかったのだ。夜、待合室のベンチに横になりながら、彼女は飛行機が飛ぶ音や、遠方からの大砲の轟きやゴロゴロいう音を耳にした。ときには地面が弱く突き上げられて揺れているような気がした。何も見えなかった。窓は黒く覆われていたからだ。それから彼女は眠った。何日も眠れなかったあとで、疲労困憊の眠りを眠った。眠りながら守らなくてはいけないものは何もなかったので、彼女は眠りのなかに落ち込んでいった。

　息子には、二度と会えなかった。その夜、二つの駅が爆撃され、列車の痕跡はほとんど残らなかった。彼女が乗っていた列車が爆撃されたのかどうかも、確認できなかった。夫も戻ってこなかった。行方不明ということになっていた。七年間、夫と息子を探し続けたあとで、彼女はこの捜索の際、大変親切に手伝ってくれた男と結婚した。一つには疲れて、一人ぼっちだったから。もう一つの理由は感謝の気持ちからだった。彼は頼りになる人間で、完璧な大人だった。彼女は夫を尊敬し、結婚生活はうまくいった。息子が一人、娘が一人生まれたが、子どもたちとの関係は穏健なものだった。そのことが子どもたちにもよい影響をもたらし、彼らは好ましい成長を遂げて、早くに自立した。二人とも健康で力強く、父親似だった。

かつては若かった女性もいまでは中年だった。彼女はしばしば奇妙な感情に襲われ、ほんの数分のあいだ、この家族のところには訪問客として滞在しているだけなのだ、という思いを抱いた。すべてが非現実であるかのようなかすかな気持ちは、もはや振り払えなかった。そんな気持ちはもちろん、自分の胸のなかだけにとどめていた。夫や子どもたちを傷つけたくなかったのだ。彼女が自分の小さな家族を忘れられないからといって、いまの夫や子どもたちにはどうしようもない。黒髪で、頬にえくぼのあったあのやせっぽちの青年。彼は前線での生活を軽く受けとめていた。そして、兵士たちの冗談にも笑わず、彼女の腕のなかであんなに軽かった小さな男の子。羽のように軽く、風の一吹きで、彼は吹き飛ばされてしまった。

　自分の子どもたちがチョコレートやバナナやオレンジをお腹いっぱい食べているのを見て、彼女はときおりあの小さな息子のことを考えた。あの子はこうした食べものを知らないままだった。あの子にはマーガリンを塗ったパンか、挽き割り麦のスープしかなかった。旅行中、二人の共通の未来を想像できなかったことを、彼女は思い出した。目を閉じても何のイメージも浮かばなかったこと、赤黒い虚無しかなかったことを。

　彼女はしょっちゅう、家の前の庭にある一本の木に窓から目を向けていた。その木はいつも秘かに動いているように見えた。けっして静止することがなかった。木を見るのは構わなかったが、どこかおかしなことでもあった。夕方になると彼女は夫や子どもにとりわけ親切にし、彼らが幸せそうにしているのを見て安心したが、その幸せは彼女の目には、幸福とは何の関係もないものなのだった。

彼女はいまだに、ときおり昔のあの夢を見ていた。例の納屋の前に機関銃を持って、自分に向かってくる髭面の兵士の一団を撃ち、彼らは弾に当たってバタバタと雪のなかに倒れていく。すべてが無音のままに進行し、ただ雪だけが赤く染まっていく。彼女は疲れるわけにはいかない、納屋のなかでは夫と小さな息子がざらざらした机に向かって座り、子ども用の鉄道模型で遊んでいるのだ。髭面がすぐ近くに迫ってくるたびに叫び声をあげて目覚めることが、いまでもあった。

すると見知らぬ男が幅広い手を彼女の頬に置き、撫でてくれて、寝ぼけながら慰めの言葉をつぶやく。すると彼女はもう少しで、新しい現実へと突き進むことができそうになる。ぬくもりと幸福と、ついに我が家に辿り着いたという感覚に。しかし、その境界線を越え、自分の恐るべき忠節から逃れることは、けっしてできないのだ。

# ウィロー夫妻

二人は解剖学研究所の向かいにある学生カフェに座り、声をひそめて話をしていた。カフェのなかは騒がしく、大声を張り上げないと聞こえないくらいだったので、ひそひそ声で話す理由はない。いつもの習慣でそうしているに過ぎなかった。当然のことながら、またしても知らない人間が彼女たちと同じテーブルについていた。医学生で、耳に蠟の塊を詰めて、講義ノートを暗記している。自分の声が聞こえないせいか、暗記の際の読み上げはかなり大きな声だった。彼が盗み聞きする危険はなさそうだ。もちろん、蠟の塊は偽装かもしれないけれど。知らない人は信用できなかったし、二人の若い女性は自分たちが二人きりだという確信がない場合には、いつもひそひそ声で話した。ここ数週間、話すことといえばヘートヴィヒの大家であるウィロー夫妻のことばかりだった。それは一種のゲームのように見えて、ゲームではなかった。いずれにしても、二人のうち背が低い方のリーズルは、特殊な緊張感や、ゲームの際に感じるような満足感を自分が感じていることで、良心の呵責を覚えていた。しかし、これは遊びではないのだ。

「年とった人たちをあんなふうに迫害するなんて、恥ずべきことよ」と、ヘートヴィヒが言った。そう言いながら大きくていかめしい鼻をグッと上げたので、リーズルには黒い大天使のように見えた。黒髪でできたすべすべの兜を頭に被った、厳しくて陰鬱な天使。ウィロー夫妻の敵を蹴散らすのに必要なのは、あとは黄金の武具と黒馬だけだった。しかし、大天使がこうした類の敵と戦うことは想定されていない。敵について、詳しいことは何もわからなかった。それにウィロー夫妻のことだって、何を知っているだろう？　この問いが、毎晩就寝前にリーズルの頭に浮かんだ。そして日中、ヘートヴィヒに会うたびに、リーズルはこの老夫婦が立たされている苦境について、新しいことを知りたがるのだった。「今日、お茶にいらっしゃいな。ウィローさんたちがあなたを招待したいって」と、ヘートヴィヒはリーズルに耳打ちした。リーズルは興奮のあまり赤くなった。ついに、ウィロー夫妻に会う機会が訪れたのだ。「ほんとに？」と、リーズルは言葉を詰まらせながら言った。相席の医学生はマッチで蠟の塊を取り出し、女の子たちをじっと見た。精神錯乱のように見えたが、試験期間中の医学生にとって、それは珍しいことではない。彼女たちの話の内容とは関係がないはずだった。「失礼、ときどき蠟を取り出さなくちゃいけないんです。息ができないんで」と、彼は言った。懐具合の豊かなリーズルは代金をテーブルの上に置き、ヘートヴィヒを出口の方に引っ張っていった。頭のおかしい医学生と関わって時間を無駄にするなんて、意味がない。

二人は四時にお茶の約束をして別れた。下宿に関して、ヘートヴィヒはリーズルよりもずっと運がよかった。リーズルはグンペンドルファー通りの、裏庭に面した、窓が一つしかない暗い小部屋に住んでいた。そこにはケチくさい未亡人がいて、数時間ごとにノックもせずにリーズルの部屋のドアを開けるのだが、それは下宿人のリーズルが壁に頭をもたせかけて脂肪のシミを作っていないかを確かめるためだった。そもそもそんなことを考えること自体がさもしく、侮辱的なことだ。一方、ヘートヴィヒは親切なウィロー夫妻のところで、高貴な雰囲気のなかに暮らし、夫妻と一緒にティータイムを楽しんでいる。

ヘートヴィヒは下宿人ではなく、親戚の娘のように扱われていた。ヘートヴィヒのような下宿人がいることは、もちろんウィロー夫妻にとっても幸運だった。もしかしたら自分たちの敵となる人物が、小さな部屋のなかに巣食っていた可能性もあるのだ。ヘートヴィヒは壁にマイクが埋め込まれるケースなどを考えた。そんなものは想像できなかったが、ときおり噂として聞くことはあった。

ウィロー夫妻はアメリカ国籍だった。少なくとも本人たちはそう主張していた。二人とも確実に六十歳は超えているが、信じられないほど品がいいのだ、とヘートヴィヒは常日頃から断言していた。リーズルはそんな類の人々のことを小説でしか読んだことがなくて、ぼんやりとしたイメージしか持てなかった。ヘートヴィヒがどうにかして聞き出したところによると、二人とも警察の監視下にあるらしかった。リーズルよりも人生経験があって物事を心得ているヘートヴィヒは、警察の監視はそれほど悪いものではないと考えていた。それはある意味、老夫婦を守ることにさえなると思ったのだ。

「もしかしたら警察が彼らの上に手を伸ばして、他の人から守っているのかもね」とヘートヴィヒは言った。それ以来、リーズルは「警察の手」を、ウィロー夫妻の頭上に浮かぶ幅広くて毛深い、陰鬱な手として思い浮かべていた。その手が「他の人」よりも強力であることを願った。リーズルは子どものように単純ではあったが、馬鹿ではなかったので、この点においてヘートヴィヒのように確信を持つことはできなかった。リーズルはこの街の人々を、シュレジア［現在のポーランド南部］育ちのヘートヴィヒよりもよく知っているつもりだった。しかしその思いも、もちろん子どもっぽい勘違いに他ならなかった。二人とも、この街の人々をよく知らなかった。だがヘートヴィヒはそれに加えて、人々が路上や市電や店のなかで話している言葉を、半分も理解できなかった。ここの言葉の響きがとても気に入っていて、シュレジアが当時、プロイセン側の領土になったことを残念がっていた。リーズルは、親切そうな管理人や店員や車掌が、まったく別の顔を見せる可能性があることも承知していた。警察だって、それと似たようなものだ。何を期待できるというのだろう？

　リーズルは暖房の入っていない部屋で二、三時間、頭を壁につけずに読書をしようと試みていたが、三時になり、外出のために着替える時間が来たのでほっとした。寒さのなか、部屋で服を脱ぎ着するのはひどく辛いことだった。おまけにリーズルは、ウィロー夫妻の気にいるようなまともな洋服を持っていなかった。しかし、そんなことを考えても仕方がない。彼女はゾッとしながら、高校の卒業式で着た黒いワンピースを着た。肌にチクチクと刺さる素材で作られていて、大嫌いな服だった。

　リーズルは四時に、大きな白い扉の呼び鈴を鳴らした。そこには表札さえ出ていなかったが、それは老夫婦がほんとうに迫害されていると感じている印でもあった。

　ヘートヴィヒが話したことは、いつもと違って今回は誇張ではなかった。上品な人々というのは、こんな外見をしているのだ。上品さを感じとるために、何冊かの小説を読んでおく必要などなかった。理由はよくわからないが、リーズルはすぐに居心地がよくなり、くつろぐことができた。彼女はぼんやりと、住居のなかの印象をとらえていった。古いけれど美しい家具、ペルシャ絨毯、金メッキされた額縁のなかの絵。しかし、ほんとうに関心があるのはそんなものではなかった。誰がどんな服装をしていたかも、ほとんど覚えられなかった。もし法廷で証言するとしたら、とてもわずかなことしか言えなかっただろう。ただ、人の顔だけは、はっきりと記憶できた。自分をもてなしてくれる夫妻に対しては、すぐに好意を抱いた。中くらいの背の夫の方は、少し撫で肩で、ほっそりした骨格をしていたが、痩せ型というわけではなかった。目鼻立ちは繊細過ぎるほどで、美しい顔立ち。全体に善良さとひょうきんさが強く表れていた。妻の方は背が高く痩せていて、背筋はとても真っ直ぐ伸び、顔は細長くて力強かった。白髪で、目はすごく青い。リーズルは思わず船乗りや鷹匠を思い浮かべたが、それはこの目立つ青い目の周りの、小さな皺のせいかもしれなかった。気づかれないようにしながら夫妻を絶えず観察するリーズルは、自分がいま何を食べ、何を飲んでいるかもわからなかった。ウィロー夫妻はドイツ語を話した。夫はまるで母語のようにドイツ語が話せたが、妻の方もきわめて明瞭に、なまりもなしに話した。

　お茶のテーブル脇の壁には油絵が掛かっていた。若くて背の高い女性が、見事な夜会服を着て、輝くような青い目で向かい側の窓を見つめている。画家はこの目の重要性を理解していたのだな、とリーズルは大きな満足感を覚えながら思った。部屋は陽気な雰囲気に満ちていた。ウィロー氏は夫婦のうちの活発な方と見えて、ちょっとしたエピソードを話したり、娘たちに親切な言葉をかけたりした。彼の目はたびたび妻の様子を窺い、励ましたり、ほとんど懇願したりするかのようだった。元気出せよ、とその目は言っているようだった。一緒に笑ってくれよ。でも妻はほんの少しほほえむだけで、お茶を注ぎ足し、娘たちが夫の冗談に声高に笑うときに目を輝かせるだけだった。

年とった夫婦でも互いに愛し合うことが可能なのだ、とリーズルは初めて気づいた。心配や優しさ、気遣いの波が、二人のあいだを行ったり来たりしているようだった。リーズルは居心地の悪い自分の下宿、家主の女性、寒さ、みじめな食事、講義室での座席をめぐる日々の戦いなどを忘れた。ウィロー氏はナイアガラの滝の話をしていて、こんなふうに言った。「いつかわたしたちが故郷に戻ることがあったら、またお会いしたいものですね」突然、雰囲気が一変した。青い目の光は消え失せ、不安の雲がテーブルの上に立ち込めた。

娘たちはすぐそのあとで、夫妻に挨拶し、ヘートヴィヒの部屋に引っ込んだ。部屋のなかでは邪魔されずに話ができたが、彼女たちは困惑し、途方に暮れていた。「いままではあんたもあのご夫婦と知り合いになったわけよね。わたし、なんだか悪い予感がするの。危険がどんどん迫ってくるような」と、ヘートヴィヒが言った。もともと少しドラマチックな表現を使うのが好きなので、その言葉はいかにも彼女らしかった。しかしヘートヴィヒのそんな性質を差し引いても、ウィロー家に何かが起こっていることは、手で触れるように明らかだった。しばらくすると、誰かがドアをノックした。二人はちょうど、ヘートヴィヒのおばさんが長いことピアノのカバーとして使っていた薄いカシミアの毛布の寸法を測っていた。その毛布を今度はワンピースに仕立て直すのだ。リーズルは入ってきたウィロー夫人が静かにドアを閉める様子を見て、すぐに、この部屋に来たことを夫には知られなくないのだな、と思った。どうやら、彼女たちに重要なことを伝えに来たようだった。しかし夫人は窓辺に歩み寄り、しばらく道路を眺めていた。それから、バツの悪い思いで沈黙していたヘートヴィヒとリーズルの肩を抱くと、こう言った。「すべてを説明したかったんだけれど、あなたたちにとって負担が大き過ぎますね。それに、不要なことだし、危険でもある」夫人はそれからリーズルに向かって、「すぐにまた、お茶にいらしてくださいね。若い人たちとご一緒だと、夫が生き生きするの。牢獄にいるような気分で生活しているので、周囲に活気が必要なのよ。あの人はいつもそうでした。でも、ご自分が来たいと思うときにだけ、いらしてくださいね。わたしたちから無理にお願いするわけにはいきませんから」娘たちが返事を思いつく前に、夫人はもう部屋を出ていってしまった。

「ウィローさんは、うちに来たことをよその人には言わないで、と頼みたかったけど、言えなかったんだと思う」ヘートヴィヒがドライに言った。ほんとうに上品な人間が、一緒にいる人のことを信用するか、少なくとも信用しているふりをするように躾けられているのは明白だった。近年耳にするニュースを考えると、ほんとうに上品な人たちが生きていけるチャンスは大きくなかった。それでもリーズルは、誇りと責任感で胸をふくまらせて、この秘密めいた素晴らしい家をあとにした。

三日後、ヘートヴィヒは授業中に、ウィロー夫人が打ち明けてくれた、と報告した。女同士の話だったのよ、とヘートヴィヒは言い、リーズルは感嘆して彼女を眺めた。リーズルとは、誰も女同士の話などしてくれたことはない。ウィロー夫妻はアメリカ人だったが、夫にユダヤ人ではないかという嫌疑がかかっているのだった。不愉快で危険な勘違いだ。ウィロー氏は実際には、ドイツの貴族を父に、ある歌手を母に持っていたが、その歌手が後にユダヤ人銀行家と結婚したのだった。

「ねえ、何もかもまるで十九世紀の小説みたいなんだけど。こんなこと、普通はあり得ないよね」とヘートヴィヒがささやいた。「あら、そうかしら。あの二人は十九世紀生まれでしょ」とリーズルは反論した。「たしかに。だからあの人たちは、十九世紀に発明されたような嘘を思いつくのね」と、ヘートヴィヒは言った。リーズルはしばらく考えてから答えた。「父親がユダヤ人だとしても、彼は二分の一だけのユダヤ人だし、おまけにアーリア人の女性と結婚している。そしてアメリカのパスポートも持っている。だとしたら、あえて逮捕しようとはしないはずだけれど」「そうよね、わたしもそのことは考えた。だから、何か別のことも絡んでいるはずよ。二人を慰めようとしたとき、ウィロー夫人が言ったの、『お嬢ちゃん、お嬢ちゃん』って。わたしはもう大人だからおかしいと思うんだけど、いつもそんな呼び方をするのよ。『お嬢ちゃん、あなたはあの人たちを知らないのよ。うちの夫はけっして、自分の無実を証明できない。その危険に対して目をつむって、遊び人のように軽やかに振る舞っているだけなの。魅力的な性格で、だからこそわたしはあの人と結婚したんだけれど、いまの時代には合わない』ところで、この話で何か気がついたことはある？」

リーズルは考えた。なるほど、あの老紳士は陽気で軽やかな人間で、ポケットにお菓子を入れていて、それを自分たちに勧めてくれた。この街のどこに行ってももう手に入らなくなったようなお菓子だ。どこからあのお菓子が出てきたのかは謎だ。「わからないの？」と、ヘートヴィヒがせっついた。「ウィロー夫人は『無実』という言葉を使ったけど、それはおかしい。もし二分の一のユダヤ人だとしたら、『災難』とか『不幸』とか言うかもしれないけど、『罪』とは言わないでしょう」たしかにその指摘には正しい部分があった。リーズルは考え込んでから言った、「ひょっとして、適当な言葉を見つけられなかったんじゃないの？」「そうは思わない。ウィロー夫人は、あなたやわたしよりドイツ語が上手いくらいなんだから」

「スパイなのかもしれない」と、リーズルは自分の大胆な発想に驚きながら、つぶやいた。ヘートヴィヒは馬鹿にしたように、少し笑った。「あなた、空想が得意なのね。どう思ってるわけ？　ウィロー氏は心臓が悪いし、奥さんの方は目を見れば、考えていることが何でもわかってしまう。まるで、そのためにあの目があるみたいにね。夫はときどき街の中心部のカフェに行くのよ、って奥さんは言ってたけれど、そのたびに不安で気が狂いそうになるんですって。そこでウィロー氏が誰かに会っているかどうか、わたしは知らない。たぶん、自由に街歩きができる、という気分になりたいだけだと思う。二人のところにはお客さんは来ないし、電話が鳴ることもない。鳴ったとしても、それはわたしのため。おまけに警察の監視下にあるとしたら、どうやってスパイ活動ができるの？」

リーズルはその後も二度、ウィロー家にお茶に行った。すべて初回と同じようだったが、ウィロー氏だけはどんどん元気になり、おしゃべりになっていった。彼は世界中の国々を知っているようで、あらゆる場所に行ったことがあるみたいだった。彼の話を聞いていると、娘たちは、自分たちが閉じ込められ、ほんとうの世界から締め出されているという気持ちになるのだった。自分たちが味気ない生活を送っていることが、はっきりとわかった。「また旅行できるようになるべきですよね」と、ウィロー氏は昔を懐かしむように言った。「お嬢さん方が、将来また旅行できることを願っていますよ。いまみたいな混乱した時代が終わったらね」ウィロー氏は常に、「お嬢さん方」という言葉を使った。夫人はもはや、彼にブレーキをかけようとはしなかった。夫妻の運命が、若い二人の信頼度にかかっていたにもかかわらず。娘たちはそこに存在する危険を感じ取った。そして恥入ったが、どういう恥なのかはよくわからなかった。

ウィロー夫人は、毎日年をとっていくように見えたが、それでもまだ非常にまっすぐ、背を伸ばして座っていた。彼女の目は青かった。空の青、海の青、リンドウの青、オダマキの青、世界中のあらゆる青だった。この青色が他の人々を遠ざけて、軽やかに振る舞っている老紳士を守ってくれればいいのに、という強い願望がリーズルを襲った。もちろんヘートヴィヒから見たら愚かしい考えだろうから、この願いについては話さなかった。

　あるとき、ヘートヴィヒが映画館での待ち合わせに遅れてきた。二人は凍えながらくっついて座っていた。周囲には誰もいなかったので、小さな声で話ができた。「だんだん近づいてくる。あの夫婦には、何か恐ろしいことが待ち受けているのよ。それなのに相変わらず、その理由がわからないの。もういまでは事情もわからなくなってきた。つい最近あの二人は、自分たちは楽しい旅行の最中にこの街で戦争のために足止めされた、と話していたわ。奥さんの方はあまりに神経質になっていて、もう眠れないらしいの」「あの二人は収容されちゃうかもね」と、リーズルは自分の知り合いに似たような例があったことを思い出しながら言った。しかし、ヘートヴィヒはそうは思わなかった。「ねえ、わたしはもう、アメリカのパスポートという話も信じられないのよ。パスポートを見たことがないんですもの。わたしに何かを信じ込ませたいなら、きっとパスポートを見せたはずだと思うの。そもそもウィローが本名なのかもわからない。奇妙な名前だと思わない？」

「アメリカの人がどういう名字なのかなんて、わからないでしょ。そもそもわたしたちは何も知らないのよ、何も。英語かフランス語の本を読んだこと、ある？　わたしは、ない。学校で読まされたもの以外には。わたしたち、若すぎるのよ。あと何年か早く生まれていたら、いま禁じられている本を読むことができていたのにね。想像してごらん、一生のあいだ、やりたいこと、見たいもの、聞きたいもの、読みたいものを、それが禁じられているという理由で隠さなくちゃいけないとしたら。そして、もしケーキも暖かい部屋もないとしたら。気が狂いそうになるでしょう？」

　ヘートヴィヒは、リーズルが感情を爆発させても、特に驚いた様子はなかった。ただ、「あなたの言う通りかもしれない」とだけ答え、しばらくしてから、「あのかわいそうな二人を助けることさえできたら。ほんとうのスパイかもしれないけど」と言った。「そんなことどうでもいい。特殊スパイだろうが、父母も祖父母もユダヤ人だろうが、わたしはあの人たちが好き」と、リーズルは言った。するとヘートヴィヒが、「こんなことを話したり、ウィロー氏と知り合いだったりする人間がどうなるか、聞いたことないの？」と、警告した。リーズルはぼんやりとスクリーンを見つめた。自分自身が危険な目に遭うかもしれないという考えは、これまで一度も浮かんだことがなかった。そんなことは信じたくなかったし、想像もできなかった。

　一週間後、ヘートヴィヒはリーズルに、医者が家に来て、どんどん心臓が弱っていく老紳士に薬を注射した、と打ち明けた。「でもウィローさんは相変わらずジョークを言い続けて、ベッドに横になろうともしないのよ」

「わたし、決心した。ウィローさんが捕まる前に死ねるように、ろうそくを捧げることにしたの。奴らは奥さんには手出ししないと思う。だんなさんの方を追いかけているだけだから」

「あなたがろうそくやお祈りを信じるなんて、思わなかった」と、リーズルは言った。

「信じてなんかいないわ。でも、こういう場合は何でもやってみるべきなのよ」と、ヘートヴィヒは答えた。あの明るい老紳士にこんな方法で死をもたらそうとするなんてひどい、とリーズルは思ったが、最終的にはヘートヴィヒと一緒に教会に行き、ろうそく代の半分を支払った。ヘートヴィヒにお金がなくてろうそくが買えないから、というわけではなく、責任の一部を自分も引き受けようと思ったからだ。言葉少なに、とても憂鬱な気分で彼女たちは帰宅した。リーズルは長いこと眠れなかったが、それは部屋の寒さのせいだけではなかった。

　三日後、リーズルはウィロー夫妻の住居へと続く階段のところで、ウィロー氏に会った。彼はすっかり小さくなっていて、困っているように見えた。手すりにしっかりつかまっていて、リーズルが見上げたその顔には、病気と大変な疲労が刻まれていた。リーズルに気がつくと、ウィロー氏の赤茶色の眼に光が灯った。ウィリアム・F・ウィロー、軽やかに振る舞う男、遊び人、ユダヤ人、そしてひょっとしたらスパイでもある男は、こう言った。「お嬢ちゃん（お嬢さんではなくお嬢ちゃん）、お待ち。いいものがあるから」そうして上着のポケットに手を入れると、一袋のボンボンを彼女に渡した。彼の手は白くて皺だらけだったが、いまでも元気に動いた。「全部いただくわけにはいきません」と、リーズルは遠慮した。「いや、全部差し上げます。世界中のボンボンは、若い娘さんたちのためだけに作られているんですよ」と、ウィロー氏は言った。それから彼はいたずらっぽく笑い、「さよなら、さよなら」と言って階段を下りていった。いまでは彼女に見られていることを意識して、足取りは軽く、手すりにつかまることもなかった。

翌日、ヘートヴィヒはリーズルに報告した。「ウィローさんは戻ってきたけど、とても具合が悪かったのよ。なんとか長椅子に横になってもらうことができたけれど、奥さんは取り乱していて、わたしは、ろうそくを捧げた効果があったのかなと思ったの。夜、劇場に行って、よそに立ち寄って、午前三時ごろにようやく帰宅したら、ちょうどウィローさんたちが連れていかれたところだった。管理人さんがわたしに知らせたの。午前八時には警察にも行ってみた。でも警察の人たちは、あんたは自分の用事に専念して口をつぐんでいればいい、と言うのよ。わたしにはとても親切にしてくれた。一人の警官はもっと話したそうに見えたけれど、たぶんその決心がつかなかったのね。でもどんな顔の人だったか、覚えておいたわ」

二人は授業には出ず、すぐにヘートヴィヒの下宿に行った。ヘートヴィヒは居間のドアの封印を巧みに外し、リーズルをなかに入れた。こんなに荒廃した住居を見るのは初めてだった。

引き裂かれた洗濯物や本や書類の山、ぶちまけられた引き出しの中身を、リーズルは見つめていた。

それから彼女は例の絵を見た。絵は踏みにじられており、誰かがナイフかハサミで絵のなかの女性の目を突き通していた。ずたずたにされたその顔は、盲目のまま天井を見上げていた。

「ろうそくは役に立たなかった」と、ヘートヴィヒが恨めしげに言った。青い目も、役に立たなかった、とリーズルは考えた。世界中の青を集めていたのに、効果はなかった。部屋のなかに憎しみが充満していた。リーズルは非常に気分が悪かった。どんなことでも起こり得るのだ、といまではわかっていたし、もう安全な場所はないのだ、とわかっていた。ヘートヴィヒが彼女を部屋の外に引っ張って玄関の間に入れ、慎重にまた封印をドアに貼り付けた。

しばらくして、ヘートヴィヒは親切そうな警官と二人きりで会うことができた。ウィロー夫妻はテレージエンシュタット［チェコのテレジンにあったユダヤ人ゲットーと強制収容所を指す］に連れていかれた、と彼は言った。テレージエンシュタットは恐ろしい場所のはずだが、そこで実際にどんなことが行われているのかは、誰も知らなかった。ヘートヴィヒは、老夫婦が戦争終結までそこに囚われているだけならいいのに、と願った。リーズルにはそんなことは信じられなかった。突き刺されたあの絵を見てからはそんな気持ちになれなかったし、ヘートヴィヒもそんなことは本気で信じていないのがわかった。

春が来て、夏と秋が来ても、ウィロー夫妻は戻ってこなかった。夏休みが過ぎると、二人はこの話題を避けるようになった。一緒に授業に行き、カフェに行き、映画館に行った。ヘートヴィヒはとっくに引っ越していた。あの住居にはすぐに新しい借り手がついた。まるですでに誰かがイライラしながら待っていたかのように。

彼女たちはいかにも若い娘らしいおしゃべりをしていた。でも二人とも口を閉ざす瞬間があって、そんなときはお互いに、相手が何を考えているのかわかるのだった。ある種の単語は、しばらくのあいだ避けなければならなかった。たとえば「ボンボン」という言葉だ。しかしボンボンはどっちみち、すでに街には見あたらなくなっていた。

# 変身

リーゼンバッハという村にエリーザベトがやってきてから十四日が過ぎた。この村に行くように言われたことを、到着した当時は嬉しく思っていた。

重い病気で衰弱していたこともあり、当時の彼女は、地獄のような状況に陥ったかに見えた都市から逃げ出すこと以外、何も望んでいなかった。リーゼンバッハで平安を見出し、休養がとれるのではないかと期待していた。しかし、実際には前よりももっと落ち着かない日々だった。

リーゼンバッハ村は、避難してきた女性や子どもでいっぱいだった。それらの人々はみな、自分の運命のことしか考えていなかった。エリーザベトはあまりに人見知りだったので、そうした人たちと関わることができなかったし、結局のところ関わりたいとも思わなかった。

彼女はたいてい、農家のおかみさんの手伝いをして台所や庭で立ち働いていたが、いつも少しぼんやりしており、仕事への喜びもなかった。農家の人たちは親切だったし、給料も悪くなかった。避難民の二家族はその農家の屋根裏に藁を敷いて寝なければいけなかったのに、エリーザベトの方は自分専用の屋根裏部屋をもらっていた。

ときおり彼女は半日のあいだ、部屋に座ってぼんやりと前を見ていた。まるで頭を激しく殴られた人のようにぐったりとして、眩暈《めまい》に襲われながら。夜はよく眠れなかったし、たくさん泣かずにはいられなかった——いまになってようやく、父親がほんとうに死んだこと、二度と会えないことがわかってきたのだ。

たっぷりの食事も、うまく消化できなかった。おかみさんが叱って、「もっと食べなきゃ。それに、台所に立ってないで外の空気に当たりなさい」と言うと、エリーザベトは従順に家の外に行き、ベンチに座って灰色の猫を撫で、手が疲れると太腿の上に置いて休めた。

きょうも彼女は一日中、台所で立ち働いた。それから自分の部屋に行き、窓から顔を出した。川が氾濫し、草地が水浸しになっていた。集まって生えている大きな柳の木々が灰緑色の水から突き出ていて、夕焼けの最後の光で銀色に輝いていた。

まるでずっと前にここに住んでいたことがあるかのように、その風景が突然、慣れ親しんだものに思えた。それから彼女は、祖父母の家を思い出した。そこには一連の大きくて薄暗い部屋があり、巨大なリンゴの木々があった。それらの木々の樹冠は葉で覆われて暗かった。

彼女は五歳くらいだったに違いない。父親は当時はまだ若い学生で、実家で休みを過ごしていた。そして、彼女のためにそれらの木々の一つにブランコを取り付けてくれたのだ。あのころの自分はまるで子犬のように、父親のあとについて歩いていた、と彼女はふいに思った。父親は彼女に、とても辛抱強く接してくれたものだ。そんな昔の話が、きょうになって突然思い浮かぶというのも奇妙なことだった。

ベッドに横になると、水浸しの草地から吹いてくる涼しい風が顔に当たった。

ちゃんと髪を乾かしていなかったので、大きな水滴がこめかみを転げおちるのを感じたが、手を持ち上げて顔を拭こうとしたとき、眠気の方が先に来て、重い眠りのなかに沈み込んだ。目を開けたときには真っ暗だった。自分がどこにいるのかわからず、驚いて心臓の鼓動に耳を澄ましていた。夢を見たのだ——何か温かく、親切なことがらを。それが何だったのか、もうわからなくなっていた。夢のなかで自分が微笑んでいたことを、自分の唇から感じることができた。まだそれほど遅い時間ではなさそうだった。どこかからいびきの音が聞こえてきた。どこかで時計のぜんまいが巻かれた。農家の主が就寝するところなのだろう。

それからまた思い出した。あれは父親が自分の部屋で時計のぜんまいを巻く音だったのだ。ほんの一瞬前に、まだ父親の姿が見えていたなんて、どういうことだろう。背が高くて、ほんの少し前屈みになった姿。自宅用の茶色の上っ張りを着て、脇に緑のラインが入った細いズボンをはいている。読書灯の黄色い光が父親の手を照らし、手に生えた毛をすべて見せてくれる。青い血管と、白くてもろい爪も。一人の人間について残ったものは、それですべてなのだろうか？

わたしが死んだら、父親も最終的に死ぬのだ、と彼女は考えた。そうなったら誰も、父親の手がどんなふうだったかを知らない。彼の左手の親指の付け根にあった、サテンの生地のように光る傷跡を思い出す人もいないだろう。

夢で見た光景に対する苦しいほどの憧れが、心を襲った。自分の人生のなかのひどい傷をこうむった部分が癒やされなければならない、という気持ちになった。しかし目の前は、半ばベールのような暗闇に覆われたままだった。

どんな人間も子ども時代に自分の運命を示されているのだ、というおぼろげな認識が浮かんできた。

そうだ、自分には理解できないことが起こり、夜明け前のような子どもの日々から引き離されて、恐怖と憎しみのふちに突き落とされたのだ。通常の時代であれば、こんなことは起こらなかった。父親だって、暗い地下室の隅で血を流して死ぬのではなく、自分の清潔な白いベッドで死ぬことができたはずなのに。

しかし、死は彼をそれほどひどく驚かせはしなかったはずだ、といまの彼女は考えることができた。基本的に、あれは自分の父親にふさわしい死ではなかった。汚い瓦礫のなかで死ななければならなかったなんて、醜い間違い以外のものではない。でも、彼自身になるのに六十五年の時間をかけた一人の男性は、もはやそんな偶然によって傷つくことはない。

そしていつかは自分も、子ども時代に信じていた、善良で昔ながらの父なる神の手のなかに戻るだろう、と彼女はきょう、確信することができた。ただこれまでは、正しいことをするのも、自分に何が求められているかを知るのも、非常に難しかったのだ。

これまでの人生で、自分は何をしただろう？

パパの看病をするのは、それが自分の力の及ぶ範囲である限りは、奉仕というようなものではなく、大きな幸せだった。いろいろと思い返してみても、これまでにやったことは常に、自分を幸せにすることばかりだった。

これまではときおり、耐えがたく見える人生から逃れることができるように、死ぬことを願ったりもした。そもそもリーゼンバッハで何がしたかったのだろう？ 何千人もの人々があの地獄に取り残されているときに、休養をとり、ミルクを飲み、サンドイッチを食べて散歩をしようとでも思ったのか？

エリーザベトは深いため息をつき、闇のなかで剝き出しの両腕を伸ばして囁いた。「しるしを見せてちょうだい……」

新鮮な草の香りが、水の運んできた泥の匂いと混じり合い、部屋のなかを隅々まで満たした。

甘くかすかな腐敗臭の滲む、臨終の床の匂いだ。

その匂いが胸を一撃するようだった。

いいえ、と彼女は思った。それだけはダメ……。

唾を飲み込めないほど、口のなかが乾いていた。胸のなかでついに何かが緩んだ。血がそこから逆流し、額が冷たく湿っているのを感じた。彼女は初めて死の姿を見てとり、長く続いた幼少期の無自覚な状態からようやく目覚めた。それは想像していたような、穏やかで救済に満ちたものではなく、恐ろしくて喉を締めつけるものだった。

彼女は暗闇を見つめて考えた。わたしは……わたしは……したくない。そう考えながら息を止め、誰かに気づかれまいとするかのように、手足をまったく動かさなかった。その大きな誰かは彼女の考えを盗み聞きし、それに対する応答として、人を麻痺させるような一摑みの空気を窓から投げ入れてきた。

また考えることができるようになるまでに、長い時間がかかった。用心深く脇を向き、両腕を毛布の下に隠すと目を閉じた。

「親愛なる神さま」エリーザベトは声に出さずに祈った。「わたしに花咲くリンゴの木を見せてください」そして少しあとに、もう半ば眠りながら言った。「それかクローバーの野原でもいいです」

昼近くなって、太陽が顔を照らしたのでようやく目を覚ました。タオルで体をこすりながら、きょうは長い散歩をしようと決意した。

川から広い谷間に通じる道を選んだ。道の両側には背の低い家や小さな農場があった。日が当たっている白い石灰の壁や窓の外の緑のプランターは、エリーザベトにはとても懐かしく思えた。谷間全体に日光が降り注ぎ、若草と丸みのある果樹でいっぱいだった。

岸から少し溢れ出た小川の両側に、大きな柳の茂みがあり、彼女を休息に誘っていた。

太陽が強く背に当たるようになったとき、岸辺の草に腰を下ろした。靴を脱ぎ、両足を水のなかに入れた。氷のような冷たさが心臓まで伝わってきて、彼女に小さな叫び声をあげさせた。しかしまもなくその冷たさにも慣れ、小川も彼女に馴染んできて、小さく白い泡の欠片で膝を愛撫した。

小川から離れたくなかった。両足は赤くなり、風は心地よく肌を刺激した。

道はどこまでも延びていくように見えた。そしてまもなくエリーザベトは日光で体がほてり、自分自身も小さな黄色い熱波を出している気分になった。頭に手をやってみると、髪の毛は乾いて温かく、干し草のような手触りだった。

一度、少年が道連れになり、彼女の隣をしばらくとぼとぼと歩いていった。家の雌牛が釘を飲み込んだという手紙を、獣医さんのところに届けなくてはいけないのだった。

見知らぬ動物の苦しみが、影のように道を覆ったが、エリーザベトはその後また雌牛のことを忘れた。飼い葉を切る機械の話を少年がしてくれたからだ。その機械は故障してしまい、村では誰も直せないとのことだった。その話全体が、いささか曖昧だった。というのも小さな同伴者は話しながら、一房の草の茎を歯のあいだで引っ張り、ひと言話すたびに音を立てて吐き出していたからだ。

　少年にはこの件が心に重くのしかかっているようで、子どもらしい円い額には皺が寄り、ときおり小さなうめき声もあげていたが、それは暑さのせいかもしれなかった。彼は次の曲がり角で草地の道へと向きを変え、裸足で音もなく歩き去っていった。

　エリーザベトはしばらく見送っていたが、少年は振り返らなかった。彼の小さな頭は病気の雌牛と壊れた機械のことで一杯で、よその女の人のことなど、もう忘れていた。

　エリーザベトは少し疲れを感じた。小川の畔にわりと大きな家があるのを見つけると、そちらに向かって歩いていき、胡桃の木の下にあるベンチに腰を下ろした。

　しばらくすると家から若い女性が出てきて、井戸のところから黙ってエリーザベトを眺めていた。それから、コップ一杯のミルクと黒パンを持って小川の方にやってきた。エリーザベトは急に、お腹が空いているのに気づいた。その女性はエリーザベトの隣に腰を下ろし、青いエプロンに両手を包んで、親切そうな気遣いを見せながらこちらを見ていた。

エリーザベトはパンとミルクをしっかりと味わいながら平らげ、胡桃の木の幹に凭《もた》れかかった。

女性はいったん家のなかに戻ると、今度は乳母車を押して、木の下まで来た。

エリーザベトは乳母車のなかの赤ん坊の、小さな青ざめた顔と、青い格子縞の毛布の上で震える両手を見た。苦しそうに口を歪め、透き通るようなまぶたを閉じているその小さな子は、植物の弱々しい新芽のように見えた。

ミルクのグラスを下げたあと女性がもう戻ってこなかったので、エリーザベトは子どものそばに座り、すぐにその顔を覆いつくそうとするハエを追い払っていた。

家のなかからは、争うような物音が聞こえてきた。

エリーザベトは立ち去りたいと思ったが、この小さな子をハエの大群のなかに置き去りにすることはできなかった。ずっと前屈みになって座り、胡桃の小枝でハエを追いつづけるのは骨が折れたが、効果はあった。苦しそうな小さな顔からは皺が消え、静かで満足そうになった。

小さな口からは母乳が何滴かこぼれ落ちたので、エリーザベトはハンカチで拭いてやった。

その場所に長く座れば座るほど、彼女のイライラした気持ちは、何も喪うものはないという達観に変わっていった。不思議なことではあるが、花咲く木々のあいだを歩くのも、ここで眠っている赤ん坊のハエを追うのも、同じことであると思えてきた。

大きくて穏やかな鼓動がすべてを動かしていた——ゆっくりと、何も急かすことなく。

昨晩の暗い危機感は、もはや彼女を脅かしはしなかった。あのとき一つの決定が行われたのかもしれないが、それはいまここでピクピクと白い指を動かしている小さな子どもよりも重要というわけではなかった。

木の影がすっかり移動してしまったあとで、女性が子どもを迎えに来た。女性はエリーザベトを食事に招待してくれたが、エリーザベトは感謝しつつ断りの言葉を述べ、また道路に戻った。長いこと固いベンチに座ったせいで、体が少し硬くなっていた。

谷間はいまでは日陰になっており、大いに心をそそった。湿った草地で横になって、明るく緑がかったリンゴの枝の隙間から色褪せつつある空を眺めてみたいなあ、とエリーザベトは思った。しかし、そんなことを思い、雨を吸い込んだ地面の湿気を体に感じるような気がしながらも、彼女の両足はおとなしくテンポを守りながら道を歩いていった。

一度、数匹のヤギを縄で繋いで引っ張りながら野原から戻ってくる男と出会った。繋がれていない一匹の子ヤギが両足を踏ん張ってエリーザベトの前に立ち止まり、攻撃の姿勢をとって頭を下げた。エリーザベトが子ヤギの角の付け根を優しく撫でてやると、子ヤギは驚いて跳び上がり、彼女が伸ばした手を珍しそうに嗅ぎ回った。手にはまだミルクとパンの匂いが残っていたのだろう。子ヤギは勇気を出して、その手を舐め始めた。

子ヤギが行ってしまうと、エリーザベトは残念に思いながら、濡れた手を草の葉で拭いた。背後から風が吹いてきて、髪を額の上で旗のようになびかせた。服も風をはらみ、そのおかげで彼女はどんどん前に進んだ。

自分の部屋に戻ると、屋根裏の床の古いマットレスの上に一人の女性がうずくまり、子どもに授乳していた。エリーザベトはその女性に向かってうなずき、若い母親は暗がりのなかで曖昧にほほえみ返した。彼女からはしっとりとしたかすかな女っぽさが溢れ出していた。服には二箇所、濡れた円い染みができていたが、どうやら小さな子どもにあげるには多すぎる母乳が出ているようだった。

その母親の艶のある茶色の髪を撫でてあげたい気がした。なぜかはわからないが、不格好な子どもを連れ、服の上に母乳の染みを作っているこの若い女性が、善良で賞賛すべき存在に思えたのだ。

以前だったら女性の持つ繁殖力をこれほどあけすけに見せられると、ぞっとしていたことを思い出した。

わたしには何かが起こった、と彼女は戸惑いつつ考えた。そして、自分の部屋のドアを開けたとき、ふいに自分のすべきことがわかった。

深い喜びと穏やかさが、全身に広がっていった。

# もろびと声あげ《イン・ドゥルチ・ジュビロ》

プログラムには曲目「もろびと声あげ《イン・ドゥルチ・ジュビロ》」、歌唱「6年生のフェリツィタス・ハウザー」、と書かれていた。それまでにクリスマスの詩を二つ、生徒による唱和を一つ、それから馬小屋での聖誕の話も聞いて、もう疲れを感じ始めていた。その日は朝から大忙しで、もし姪が聖ヨセフを演じるのでなかったら、わたしは発表会には来なかっただろう。

フェリツィタス・ハウザーが舞台に登場し、お辞儀をした。わたしは最前列に座っていたので、彼女の姿がはっきり見えた。そばかすだらけの丸い顔をした十二歳の女の子。茶色のお下げを固く編んでおり、毛糸の靴下はずり落ちている。そして、サイズの合わない黒い子ども服に無理やり押し込まれているように見えた。

かわいそうなフェリツィタス、みんなの前で歌わなくちゃならないなんて。彼女は左手で、右手をぎゅっと押さえつけていた。そうしなければ右手がなくなってしまうかのように。袖からは白いハンカチが覗いていたし、左の靴紐には、間に合わせの黒の光沢のある細紐が使われていた。わたしの目は鋭いし、自分自身が細紐を靴紐として使ったり、靴下の穴を安全ピンで塞がなくてはいけなかったりした時代をはっきりと覚えている。

フェリツィタスは歌い始めた。高くて澄んだ声には、まだ何の特徴もなかった。わたしはとつぜん、はっと気がついた。彼女の母親と知り合いだったこと、母親にもたくさんのそばかすがあり、同じく赤茶色の目をしていたことに。あの人は子どもたちに、美しい声で子守歌を歌うのが好きだったが、その声はもう沈黙してしまった。

そう、フェリツィタス、あなたが生まれて最初のクリスマスに、わたしは招かれていたのよ。あなたは遅く生まれた赤ちゃんで、お兄さんたちはすっかり大きくなっていたし、お姉さんは六歳だった。

あなたのお姉さんのことは、とてもよく覚えている。彼女は丸々とした人なつっこい子どもで、名前を尋ねると、甲高い声で「かわい子ちゃんのハウザー」と答えた。本当はどういう名前だったのか、わからない。みんなが彼女を「かわい子ちゃん」と呼んでいた。両目はお父さんと同じ青色で、わたしたちはいつも、かわい子ちゃんがお父さんの膝にくっついてしまう、とからかっていた。彼女はお父さんが腰かけるやいなや、いつも膝の上によじ登り、親指をしゃぶりながら、気持ちよさそうに、猫がゴロゴロいうような声をあげるのだった。

フェリツィタス、あなたのお父さんは、とてもよい人だった。誰かがそれをあなたに言うべきだと思う。たぶん、あなたはまだ全然知らないだろうから。彼は家族と仕事以外に楽しみのない人だった。あなたが生まれたときにはもう五十歳を越えていたし、白髪だったので、あなたのおじいさんと言ってもいいくらいだった。知人たちからは「困ったことだ」と思われたあなたの誕生を、お父さんは本当に喜んでいた。あのころ、お父さんの状況はもうどんどん悪くなっていた。お父さんは自分の心配ごとをお母さんの前で隠そうとしたけれど、もちろん何も隠せなかった。ひょっとしたら正義が行われるのではないかと、相変わらず期待していたのかもしれない。自分の上にのしかかっている悪意に満ちた脅しを、完全に理解することはできなかったのだろう。恐ろしいことが起こり始めた直後に逝ってしまえたのは、彼にとってはよいことだったに違いない。

フェリツィタス、あの一九三九年のクリスマスの晩、わたしたちはお宅の居間の丸いテーブルの回りに座っていたのよ。プレゼントはすでに渡し終わっていた。かわいい子ちゃんはお父さんの膝の上によじ登り、あなたは小さな籠に入ったまま、テーブルのそばに引き寄せられていた。お父さんが肉を切り分けてくれた。幾晩も眠れぬ夜を過ごして、少し灰色になり落ちくぼんで見えたお父さんの顔が、いま一度、昔のように陽気に輝いた。

ところで、あなたをフェリツィタス［ラテン語の「幸福」から来ている］と名づけたのは、お父さんの希望だった。

お母さんはその名前をちょっと大げさだと思ったけれど、思いやり深くほほえんだだけだった。お母さんは青白く尖った顔で、あなたの籠の隣に座っていた。鼻の上にたくさんのそばかすがある痩せた女性で、茶色の目のなかに赤い光があった。ご両親はすでに二十一年間も結婚していて、いまだに恋人同士のようにお互いに注意を払い、親しみをこめて振る舞っていた。

　話を逸らすべきではないかもしれない。でも、あなたにはお兄さんたちのことも話さずにはいられない。お兄さんたちは十九歳と二十歳で、まるで双子のように見えた。お母さんのようなそばかすと赤茶色の目、ハンサムで痩せ型。でもお父さんのように無口だった。お兄さんたちは人差し指をあなたの小さな鼻に当てて、困ったような、でも同時にうっとりしたような顔をしていた。あなたも、とても美しい赤ちゃんだった。いまよりもずっと美しかった。お人形のように色白で、バラ色の頬をして、寝ぼけたような黒っぽい目をしていた。お母さんは、あなたが生まれつきとてもお行儀がいいって褒めた。夜も、めったにお母さんを起こしたりしないとのことだった。お母さんはそう話しながら少し目をパチパチさせ、笑おうとしたけれど、うまくいかなかった。

　いま思うと、お父さんは夜ごとに大きなベッドに横になって何時間も目を閉じたまま考えこんでいたのだろう、と想像せずにいられない。でも、お母さんを起こさないように、穏やかで規則的な呼吸をすることを忘れなかった。一方でお母さんは、顔を枕に押し当てて、声を出さずに泣いていたのだろう。

食事のあと、あなたのお父さんは桃をシロップ漬けにした大きな壜を開けてくれた。わたしが大好きだということを知っていたから。でも、わたしは桃をのんびりと味わうことはできなかった。急に、他の誰かがこの家に入居しようと待っていること、来年の夏の桃はその人たちが収穫するのだということを、思ってしまった。わたし以外の二人のお客はやがて帰っていった。お手伝いの娘は台所で食器を片づけ、やはり帰っていった。

わたしたちだけになると、ふいに奇妙に明るい陽気さが襲ってきた。まるで、わたしたちが安全で守られていて、悪の手に落ちないように、しっかり保護されているかのように。わたしたちは歌ったり遊んだりお話を聞かせ合ったりして、愉快な夜を過ごした。そしてついに、疲れてしまった。あなたは小さな声でめそめそ泣き始め、お母さんは子守歌を歌い、歌詞が思い浮かばなくなると「ラララ」と歌った。一度、お母さんが咳き込んだので、お兄さんたちは心配そうに、読んでいた本から顔を上げた。かわいい子ちゃんはお人形に桃のシロップ漬けを食べさせていて、白いテーブルカバーのあちこちに黄色いシミを付けていた。それを注意する人は誰もおらず、まるで白いテーブルカバーはとっくに重要なものではなくなったみたいだった。

それからあなたのお父さんは、毎日やっているトランプのゲーム「ペイシェンス」をやった。お父さんの幅広い背中は少し前屈みになり、髪の毛はほとんど真っ白だった。わたしが帰ろうとして別れの挨拶をしたとき、お父さんは茫然としているように見えた。彼はわたしの冷たくて子どもっぽい手を、温かい両手で包んでくれた。「メリークリスマス！」と、彼は言った。「またすぐに、訪ねてきてほしいな！」

　でもわたしにはもう、彼らを再び訪ねる機会はなかった。フェリツィタス、あなたの誕生後三か月して、お父さんは事務所で亡くなったの。一番上のお兄さんは、連隊で一番最初に戦死してしまった。お母さんは、家を奪われた。あなたとお姉さんを連れて、町なかの一間だけの住居に引っ越したの。

　二年後、お母さんがかわい子ちゃんと一緒に、空襲の際に地下室で生き埋めになったという話を耳にした。とても重い病気だったので、いずれにしても長生きはできなかったでしょう。当時、お隣の人があなたを買い物に連れ出していなかったら、あなたもいま舞台に立って歌うことはなかったでしょう。

　それ以来、あなたはたぶん、一つの施設からまた別の施設へと、移されてきたのでしょう。二番目のお兄さんは行方不明。こんなに長い時間が経ってから戻ってくるとは思えない。もし戻ってきたとしても、あなたにとっては知らない人でしょう。

　あのころがどんなふうだったか、あなたが知ることはないでしょう。わたしはただ目をつむりさえすればいい。そうすると、すべてがまた甦ってくる。大きくて薄暗い台所。ときおりかわい子ちゃんが座らされていた、背の高い子ども用の椅子。あなたのお母さんのナイトテーブルに載っている、クリームの小さな缶。お母さんはそのクリームでそばかすを減らそうとしていたけれど、効果はなかった。ベビーベッドの上の、色褪せた赤いサテンの布。どの客も必ずつまずく、磨り減った階段の五段目。お母さんがどこに砂糖煮を保存していたかも、あなたは知らないのよね。

あなたの澄んだ、子どもらしい声が聞こえる。疾駆する時間がわたしの呼吸をはね返す。あなたのお父さんは眠ることなく仰向けに横たわり、夜明けを待っている。あなたのお母さんは咳をし、お父さんがいない側にあなたを寝かせる。あなたのお兄さんはどこかで、よく晴れた寒い夜、ヘルメットの端を額から持ち上げる。かわい子ちゃんは地下の石炭置き場の床にしゃがんで、唇にちょっとバラ色の泡を浮かべている。そして、あなたは「もろびと声あげ《イン・ドゥルチ・ジュビロ》」を歌う。

あなたの最初のクリスマスには、ろうそくの光が空気の流れに応じて瞬いていた。ガラスの球が優しく高い音を立てた。いま、あなたはモミの木の横に立っているけれど、その木は工場から直送されてきたように見える。そこに飾られた電球は、瞬くことがない。どんなに嗅いでみても、モミの針葉の匂いはしない。それともわたしの鼻が悪いのだろうか？

あとであなたに、板チョコを一枚あげよう。フェリツィタス、あなたにはきっとそれが必要でしょう。どの店にもあるようなチョコレートなので、思い出を甦らせることはないけれど。

# 訳者あとがき

マルレーン・ハウスホーファー（Marlen Haushofer）はオーストリアの女性作家で、一九二〇年生まれ。亡くなったのは一九七〇年で、この生没年はドイツ語詩人として戦後大きな注目を集めたユダヤ系のパウル・ツェランと同じだ。ツェランと同じく、五〇歳の誕生日を迎える前に亡くなった。死因は癌だった。存命中にいくつかの賞を受賞し、オーストリア国家賞のなかの文学部門奨励賞も二度受賞したが、代表作『壁』を含め、彼女の作品群は死後しばらく忘れ去られていた。一九八四年に『壁』が再版されてから、ハウスホーファー・ルネッサンスが訪れる。たった一人、山のなかでサバイバルする女性を描いた『壁』は、フェミニズムの台頭やウーマンリブを経た女性たちに「発見」され、多くの読者を得ることとなった。二〇一二年には、映画化もされている。

わたしは一九九〇年代に『壁』を読んだ。ちょうどオーストリアを旅行中で、長距離列車のなかで貪るように読んだのを覚えている。ふと窓外を見ると、小説で描かれているような山や渓谷が目に入った。そんな景色を横目で見ながら、犬や猫や牛を家族のように思いつつ必死で生き延びる主人公の女性に思いを馳せた。そしてラストの場面には、激しい衝撃を受けた。

『壁』を翻訳したくて出版社に持ち込みを始めてまもなく、同学社から諏訪功さんと森正史さんによる翻訳が出た。自分では訳せなかったけれど、日本にこの本が紹介されたことは大きな喜びだった。同学社からはその後、やはり諏訪功さんの翻訳で、猫を主人公にしたハウスホーファーの作品『バルトルの冒険』も出た。

でもハウスホーファーには、まだまだいろいろな作品がある。別の小説でいいからぜひ紹介したいと願っていたところ、今回、ついに短篇を訳せることになった。『恐るべき忠節』という、リスト社から二〇〇三年に出た短篇集のなかから、約三分の一を選んで訳した。リスト社のこの短篇集は、一九五六年に出た『わすれな草の泉』と、一九六八年に出た『恐るべき忠節』、作者の死後、一九八五年に出た『未知との出会い』の三冊に収められた作品と、未発表の二作を収めたもので、四五〇ページを超えるボリュームになっている。

今回の翻訳のきっかけとなったのは、「たべるのがおそい」という文芸誌に「さくらんぼ」「雌牛の話」「フォン・ガイエン氏の夜の出逢い」を載せていただいたことだった。その後、「たべるのがおそい」の版元であった書肆侃侃房の田島安江さんからハウスホーファーの短篇集を単行本として出す話をいただき、少しずつ訳したためたものが本書である。

「たべるのがおそい」のために訳した短篇には、どれも子どもが登場していた。子どもたちに向けるハウスホーファーのまなざしは温かく、ユーモアに溢れている。思春期の少女たちの話も多い。初めてのキスにがっかりしたり、学校の先生に胸をときめかしたり。自分の若さをまったく意識しない少女の一挙一動に車中の人々が振り回される話もある。若いということの輝かしさや愚かしさが、容赦なく描き出されている。成長して働く女性となり、結婚して主婦となる女性たちの姿もある。夫とうまくいっている場合もあれば、なんとなく日々をやり過ごしているだけの場合もあり、戦争の影が差して、夫が戦地に赴いて不在の場合もある。おかしみや優しさに満ちていたハウスホーファーの筆は、戦争がテーマになると、それに翻弄される人々の悲しみや切なさを鋭くえぐり出す。理不尽な死も、生き別れもある。失ったものは、二度と戻ってこない。残された人間は、辛さを背負いつつ、それでも生きていくしかない。

　ハウスホーファー自身も、思うようにならない人生と格闘していたのではないか。上オーストリアの小さな村に山林監視人の娘として生まれ、リンツで学校に通った。ウィーン大学とグラーツ大学でドイツ文学を専攻したが、卒業にはいたらなかった。戦争の影響もあったのかもしれない。彼女が大学入学資格を得たのは第二次世界大戦が始まる一九三九年。一九四〇年に大学に入り、一九四一年に歯科医のマンフレッド・ハウスホーファーと結婚した。中世の面影が残るシュタイヤーという町で暮らすが、一九五〇年に離婚し、八年後にふたたびマンフレッドと再婚している。彼とのあいだに息子が一人いるが、婚外子（彼女の連れ子）も一人いたとのこと。さまざまな体験をし、人生の酸いも甘いも味わって、達観した部分もあったのかもしれない。家庭を切り盛りしながら、極限まで想像力を掻きたてていった。作品は戦後まもなく新聞や雑誌で発表し、一九五二年、『五番目の年』という小説で注目を集めた。前述のように二度、オーストリア国家賞のなかの文学部門奨励賞を受賞している（一九五三年と六八年）。児童文学の執筆も多く、その関連の賞も受賞している。同時代人には、冒頭で述べたパウル・ツェランのほかに、オーストリア南部クラーゲンフルト出身のインゲボルク・バッハマン（一九二六〜七三）がいる。

一九六八年に出た『恐るべき忠節』に彼女のあとがきがついていて、それが二〇〇三年のリスト社の本にも再録されている。短篇というジャンルへの彼女の愛がうかがえる内容なので、ここに翻訳してみたい。

なぜこの本を書いたか

なぜこれらの短篇小説を書いたのか、と問われるならば、「自分を喜ばせるためです」と答えるしかない。

これに先立つ三年半のあいだに、わたしは二つの長篇小説を書いて、少々疲弊した気持ちになり、長篇を書くほど骨の折れる仕事はないと思っていた。

本当に、そうなのだ。とりわけ、執筆のほかにもいろいろと用事があり、絶えず邪魔されたり、中断されたりするときには。

何年も長篇の仕事をしたあとで、また短篇が書けるというのは、まさに一種の休養だと思えた。ところがそれは休養にはならず、興奮と努力の連続だった。それでも、このことはわたしにとって、大きな喜びとなったのだ。

長篇小説では、長い散文の一定の流れを中断させないために、作者としてものすごく興味があるわけではない事柄や出来事についても報告し、長々と書かなければいけない必要に、しばしば迫られる。それらは長篇小説の骨組みを包んでいく、しっかりとした肉なのだ。

でも、短篇小説の場合はそんな必要はない。作者はある出来事や状況を選び出して、人生の小さな一コマをルーペで眺めるように観察し、周囲の環境から浮かび上がらせ、ふさわしい形にまとめる。失敗することも多いし、うまくいかないこともあるが、ときにはまとまった小さな芸術作品を作りだしたという満足な気持ちを味わえる。

ひょっとしたら多くの読者は、わたしの短篇を暗いとか悲観的だとか思うかもしれない。それは、この本を執筆しているときのわたしが、比較的明るく、平穏な気分だったことによる。何年も前、とりわけ落ち込んでいたときに、わたしは一連のユーモラスな話を書いた。この謎めいた現象については、きっと何らかの説明ができるのだろう。でも、わたしにはそれについて考える時間も気持ちもない。わたしはむしろ、また腰を下ろして新しい本を書き、自分自身の作品に驚かされたいと思うのだ。

マルレーン・ハウスホーファー

書くことが好きでたまらないという、彼女の気持ちが伝わってくる。長篇と短篇の違いもよくわかる。本書に収録した短篇には明るいものも暗いものもあるが、それぞれどんな気分のときに書いたのだろうか、と推測したくもなってくる。本書を通じて、ハウスホーファーという作家の新しい一面を知ってもらえたら、とても嬉しい。未訳の長篇小説や短篇小説がまだまだたくさんあるので、今後も紹介の機会がめぐってくることを願っている。

こうして出版のきっかけをくださり、編集も担当してくださった田島安江さんと、最初に「たべるのがおそい」に載るきっかけを作ってくださった西崎憲さん、「たべるのがおそい」のときも今回もすてきな装画を描いてくださった宮島亜紀さん、そして読んでくださった読者のみなさまに、心から感謝したい。どうもありがとうございました。

二〇二四年二月

松永美穂

■著者プロフィール

マルレーン・ハウスホーファー（Marlen Haushofer）

1920年生まれのオーストリアの作家。ウィーンとグラーツの大学でドイツ文学を学び、夫と二人の子どもとともにシュタイヤーで暮らし、1970年に亡くなった。オーストリア文学史における非常に重要な女性作家の一人とされる。シュニッツラー賞やオーストリア国家賞（文学部門奨励賞）を受賞している。没後、代表作『壁』が世界的に有名になった。

■訳者プロフィール

松永美穂（まつなが・みほ）

翻訳家、早稲田大学文学学術院教授。ベルンハルト・シュリンク『朗読者』（新潮社）の翻訳で2000年に毎日出版文化賞特別賞受賞。カトリーン・シェーラー『ヨハンナの電車のたび』（西村書店）で2015年日本絵本大賞翻訳絵本賞受賞。そのほかヘルマン・ヘッセ『車輪の下で』（光文社古典新訳文庫）やインゲボルク・バッハマン『三十歳』（岩波文庫）など。

マルレーン・ハウスホーファー短篇集

# 人殺しは夕方やってきた

2024年4月11日　第1刷発行

著者　マルレーン ハウスホーファー
訳者　松永美穂
発行者　池田雪
発行所　株式会社 書肆侃侃房（しょしかんかんぼう）
〒810-0041 福岡市中央区大名2-8-18-501
TEL 092-735-2802　FAX 092-735-2792
http://www.kankanbou.com
info@kankanbou.com

編集　田島安江
DTP　黒木留実
印刷・製本　モリモト印刷株式会社


ISBN978-4-86385-621-9 C0097